溫柔革命閱讀

奇異果文創

奇思異想之果

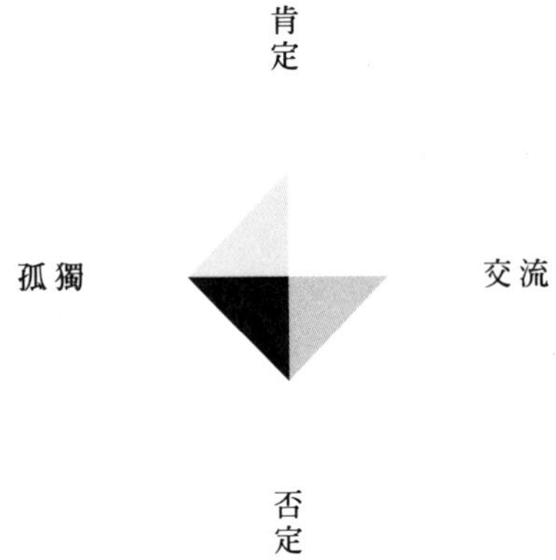
肯定
孤獨
交流
否定

渣渣立志傳

著——蘇家立

推薦序

蘇家立的書寫是孤獨的呢喃，文字所要抵達的是隱形的對象，但其實是另一個深層的自己，如此變成一種迴圈，從自己出去，再回到自己。他大膽袒露的自我剖白，像是一個自娛娛人的丑角，道出真實與虛偽，讓悲哀與荒謬同時存在，存在的理由竟是毫無意義。他用很暴力的詞彙還原人性的內在層面，來對付那些假藉堂皇的言語肆虐自己的深慾，以及抗拒讓自己沒辦法思考的一群人，維護自己尖銳的本質。

但他總是在毀壞自己，當別人想鑄鐵為劍闖蕩江湖，他卻想在有限區域中奮鬥而成為鐵鏽。他說「我的朋友很少／懦弱卻很多／因為我是阿斗」，顯然這樣的話沒有其他詩人敢說得出口。

蘇家立的書寫代表這一時代青年思維的浮光，閃現對生活體認上的半迷茫半洞悉的狀態，無疑的，他會是苦悶而凌遲自己的寫作者，持續鋪設自己的創作之路。

——詩人，推動網路詩不遺餘力 蘇紹連

因為短小，所以要邊走邊讀；因為古靈精怪，所以要倒立著讀；因為在書中，藏著黃金細屑，所以，當然要洗完手，戴起手套，好好地一則一則翻讀。還有，千萬記得，會心一笑前，先合上書，免得渣渣從書裡逃走。

——有荷文學雜誌發行人、喜菡文學網的母親　喜菡

渣渣要立志，宅男也有纖細少女心，又魯又渣才是最優雅瘋狂的生存姿態！

——詩人　林禹瑄

家立的文字混合了濃郁的集體記憶，說來卻理所當然，「也許一件十年前買的，膝蓋和褲管早已褪色的牛仔褲，即能以淺顯易懂的方式，告訴你，時間正經過，並毫無保留地……」瑣碎的生活日常，是一把一把的鑰匙，打開圍繞在四周的門，通往那個，「已經回不去的年代」。

——心波力幸福書房攪和總監　許赫

這渣渣，是我兄弟！

——詩人、作家 馮瑀珊

縱然整間屋子只剩下自己，蘇家立還是我的好渣弟。不好意思，只有我有特權，能這樣光明正大地叫他。這是咱姐弟倆表現親暱的方式，還不是一般人能夠理解的呢。

寫篇文情並茂的推薦序對我來說不是件難事，渣弟的綺麗詞藻和炫目新奇的跳躍思考，不管是詩還是文，皆是大家公認的精品佳作。那麼，身為他的姐姐，我還需要說什麼，還需要推薦什麼？一流的作品哪需要過多的推薦，再說，咱姐弟倆可硬頸傲骨得很，才不走矯情做作的套路。如果你想看歌功頌德的華美文字，我必須老實告訴你，其實可以跳過此篇。

所以，關於這本書我只會跟你說：仔細讀就是了。錦上添花的事情還不夠多嗎？反正，仔細讀就是了。

接下來，我想用輕鬆詼諧的口吻來講講親愛的渣弟。你沒看錯，也沒想錯。他是渣渣，他自稱渣渣，他更立志成為渣渣。在這個人人都想出頭拔尖的時代，居然有傢伙立志成為渣渣。這是噱頭嗎？你如果認為這是噱頭，就很難真正地理解「渣式幽默」的亦莊亦諧，那是柔情的雪白加上硬漢的墨黑，雜揉出厚實的鐵灰。話雖如此，他是渣弟，但我不是渣姐。關於這點你不得不佩服他坦然面對自己的勇氣。立志成為渣渣，為得是不讓自己成為偽善的假人。他真誠且忠實地接受自身的黑暗和負面，卻又能夠回頭省思，轉化為幽自己一默的大器。既然我們都不是聖人，那就沒必要惺惺作態。回想一下你身邊多少偽善的嘴臉？再比照我家渣弟的姿態，就能了解他的可貴跟真實。

我弟是個外表剛毅，內心柔軟的鐵漢。他一柔情起來，其細膩用心的程度會讓人感動到掉渣。說來慚愧，身為姐姐，卻總是他關照我的時候多，無微不至地付出他雪白的柔情，這十多年來給我難以細數的付出，並且從來不求回報。路見不平時，他也願意挺身而出，堅持正道和真理，這是他硬漢的墨黑。雖然，他說自己是渣渣，我卻知道那渣，其實也是讓人感動所掉的渣。

夢是表面，而我們用現實飼養夢這隻野獸。我在成為我之前，介於和諧與荒誕的虛無，望著疊高的黑色托盤，想起一些沒用的回憶走過窗外。低頭對著阻塞的流理台說：「有陽光梳洗就夠了。」再轉身走入熟悉的臥室裡，打開只屬於我的抽屜；默默地回憶起某些人。之後決定我不再寫日記，要持續年輕的暱稱，畢竟年齡像是看不見的刺青。我之所以能夠勇敢地走進迷宮，是因為想要被一個人凝視，直到離開後，我才發現語言有祂的寬容。

上一段皆是渣弟的靈思和文采，我只是串聯了一下。為了要讓你了解，只有仍保有純粹的心靈的人，才能寫出這樣剔透的作品。我弟弟是渣渣沒錯，但他以此冶金般燒煉鍛造，讓文字反映出內心最淨美的瑤光。

自序：渣渣創作理念

簡而言之，就是裸露。誠實地暴露自己的一切，不誇大也不矯飾，彷彿在畫布上塗抹顏色，讓一切看起來清晰無比。儘管這世上需要謊言，我亦是個喜歡說謊並偶爾耽溺其中的垃圾，但我仍然相信，有些事物必須誠實無比，例如寫作這一檔事。

為啥會想要寫《渣渣立志傳》？首先要提一提渣渣的由來：某日，閒來無事，想說寫首詩表明心跡，讓他人很清楚地認識「我是什麼」，便寫了一首詩「蘇家立是個渣渣」，而後，想把以前幹過的一些蠢事集結在一起，搭光榮暢銷遊戲《太閣立志傳》的便車，於是有了《渣渣立志傳》。

《渣渣立志傳》想要傳達什麼？無賴派作家太宰治嘗言：「生而為人，我很抱歉。」但我卻以身為渣渣為榮，並非特立獨行，醜化自我以博君一笑，而是一種不受社會價值束縛的宣告：擔任丑角並不困難更不羞恥。在書中，醜陋面與慾望橫流，毫無忌憚，對我而言，這不過是生活的方式，是經過選擇而非玩俄羅斯轉盤。而這樣的選擇沒有絲毫壓力，我會繼續朝著渣渣的頂峰邁進，即使口袋的破洞一直掉出彈珠，即使嘴唇慢慢由紅潤轉為灰白。

你一定玩過井字遊戲吧？我想，我就是那個阻止三個O連線的那個X吧！

目錄

㊀ ㊉

⊖ ⊖

iii

① 我只會寫這種垃圾的耽美句子

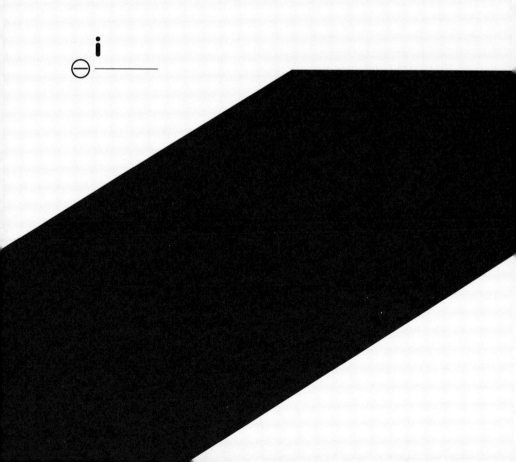

我只會寫這種垃圾的耽美句子

我只會寫這種垃圾的耽美句子：

放晴是雨的墮落，
而彩虹架起兩人之間的天空。
由妳長髮揮灑的夜幕，
縱然懸垂著繁星，
但唯有一顆燦爛的恆星，
能鑲在妳如柳的月眉旁，
釀著明日的露珠，
甘甜如指尖溢出的夢境。
（非常討厭自己）

為什麼書桌上有衛生紙

之前不只有一個網友詢問過，為何我兩間書房的桌上都擺有一包衛生紙？不知道各位有沒有看過金車波爾茶的廣告：那個人鼻子尖尖、鬍子翹翹還拿根釣竿！就是這個無厘頭的感覺。

由於時常過敏，再加上房間內容易積生塵埃，動不動就會使人鼻水流個不停，正因此我不得不準備衛生紙以防不時之需，總不可能把書本當作衛生紙，將鼻子埋進書扉中，搞得溼答答黏糊糊的吧？況且書本紙質很硬，鼻子會很不舒服的。倘若讀書讀到感人的情節，偶爾也是需要擦拭一下眼淚的，雖說讓淚珠跌落，暈開一灘悲傷的圓是很唯美的，但這本書可能很貴。

再者，多一點看起來比較柔軟的裝飾，營造和諧的氣氛，讓人產生朦朧的揣測，就是我放了衛生紙的原因。那為什麼不放小盆栽或水族箱呢？那太麻煩了，而且有弄溼書本的危虞，奉行簡約輕巧原則的我，其實只要被書本環擁便心滿意足。

有一回地震，一本《希臘羅馬英豪列傳》不偏不倚砸中鼻子，或許這也是衛生紙隨伺在旁的一個縈迴腦中難以揮卻的遠因。

我是個憂鬱的輕熟大叔

我不憂鬱，因為我離太宰治很遠，但離津島修治很近。我應該不會帶著朋友去投水，只會丟石頭打要在寒冬游泳的立法委員。在人群擁擠時不會讓博愛座閒置，會一臉漫不在乎地坐下。如果天氣很好，就會穿短袖出門儘管是冬天。

如果寫詩，就不會用詩人的方式寫。不太喜歡寵物，因為自己就是被社會法則豢養的家畜，所以沒有神。你有聽過家畜有信仰的嗎？好吧，輕鬆一點，來提提窗外的陽光吧，這樣的溫度很溫暖，即使我手中的明治冰淇淋以融化代替吶喊或哀求。

接著要去搭捷運了。我可以預料到有很多人還在睡懶覺。蓋在身體的羽絨被很柔軟，很親切，比起媽媽或戀人的體溫，也許這個還比較能信任，然後鬧鐘要不要叫，那是睡在旁邊的人應該得注意的瑣事。

我只是喜歡文學並愛好塗鴉的半熟大叔，我不投水或和朋友去 101 大樓跨年，我只會在地下街逛電玩店、偶爾看看展覽，到魚木人文咖啡喝喝螺絲起子。

悠遊卡正反面都貼著御坂美琴。

按

按，為了期待彈出什麼。

我知道自己只有三公尺折半又多一點點那麼高。

在捷運中拉著吊環顯得稍稍吃力，隨著車廂高速行進，身體不免左右晃盪，仍避免撞到前後左右的乘客。站穩腳步，猛然抬頭，前方站著一位穿著深色西裝的中年男子，面無表情望著遠方，我並沒有連續劇中善妒女子的敏銳，去揣測他身上有沒有其他「陌生的味道」，這個男子足足高了我一個頭，眼前即是他突起的喉結，心底不禁騷動，很想伸出食指，去按那個「按鈕」。

時常看到電視劇裡，角色在談笑嘻罵中不慎按到緊急逃生或解體、自爆的按鈕，這樣詼諧的情節，令我十分著迷：可以按下去的東西，勢必會有相對的反應。在按與陷入這之間，存在著一個緩衝的機制，裡頭可能藏著情緒，譬如你按了女孩子的乳頭，會得到尖叫然後被送往警局的反應；按下消防栓的紅鈕，鈴聲將會引來一輛又一輛紅色的車子……

我喜歡在牆上畫一個又一個小圓鈕，然後用不同的指頭一根接著一根，去想像這面牆可能有的反彈。或許這也是為何沉迷於電玩遊戲的原因之一：手把上有許多按鍵，按了會有各自不同的效果。

我想，我是無法抗拒「突起」的誘惑。有時看到包子的尖端，就會想用手掌把它壓平，縱然肉汁噴出也沒關係；臉上長出青春痘，勢必得用指尖將它壓碎，迸出淺黃色的膿液，讓臉頰凹凸不堪；獨自爬山時，看到小土堆就會刻意用體重將它壓平。不知為何，就是耽溺於用身體去執行按壓這個動作。

正因為如此，我待在小便斗前的時間，往往比別人長很多。

高塔

高塔。通常是該聯想到密室的好地點，不知怎麼搞的，在故事中，常常成為囚禁要人的一種制高處，更可說是風景名勝，當然，裡頭不乏名門貴族、美若天仙的女人要不就是純粹的怪物，就因為這樣的理由，會吸引很多觀光客，通常是那種高、帥、富且運氣非常好的小白臉，大多連廚房都沒進過的紈褲子弟，他們懷抱著天真的情懷，一路披荊斬棘，聽信美好的傳言，就是為了爬上高塔，然後改變平凡無奇的人生。

這跟武俠小說主人翁受盡折磨跌入山谷，意外走入某個山洞，隨手安葬一堆枯骨不小心得到曠世武學有何差別？如果是我，我要在高塔裡擺設擂台，擂台四周佈滿電網，看那些童話故事的主角捨棄形象，使用飛踢或是金臂勾，總之就是要弄得熱汗淋漓，讓濃厚的體味瀰漫到塔外，蔚為一股風潮。

高塔裡頭應該要這樣才對。

打開水龍頭

打開水龍頭，流出的是透明的夜，沁涼沁涼的，用來漱口再適合不過。

舌床像沒洗淨的紅毯，這樣一沖，不只味覺清晰，連敏感度也隨之提高，牙膏彷彿未融之雪，輕輕一踅，夜被劃出一道小徑，從指梢到微顫的前臂，再循著米色的襯衫至荒蕪的胸膛。

洗臉台的水位慢慢降低，而夜越長越高，逐漸超過我的頸子，化為兩團黑霧替雙眼裱框，眼睛裡的畫，有個人拿著斧頭空揮。

水龍頭流出的是透明之樹，用手指砍去仍不為所動。

持續遠去的人們

持續遠去的人們，他們並不如想像般守在身旁。不需要譜線的音符，也不需要任何音高，純粹只是個標記，一個意義模糊的圖形，有外框、內容，可供辨識，卻只是無足輕重的表象。

那些遠去的人啊，可能是空的面紙盒，儘管塞入新的一疊衛生紙，也會湧生抽取不順暢的突兀。若是把紙盒安靜地壓平，放入回收箱中，或許能使環境看起來協調一些。

我明白的，其實沒有人正在遠去，而是彼此塑造了一個疏遠的幻識，打從一開始，遙遠的湖水，不可能拯救一座乾渴的沙漠，對那些嘲弄感情的人啊，我啜泣且憂傷，只為他們曾褻瀆並沾沾自得掛在嘴上炫耀的那些，他們不配提起的真誠與情感。

由一個人處理感情的態度，十之八九能瞭解一個人的本質，我直到如今才說服自己相信，有些人啊，明明漆黑如夜，卻歌頌光明，高呼美好與悠久，令我錯愕啞語。

再見了。從未遠去的人啊，一如你們未曾走進我，我也不曾走入你們，只因過於汙濁，沒有凋零能容許這般嘲諷。

彩繪

他想為一顆石頭彩繪，卻不明白，
千年之後，時間會從它的臉頰流出。
應該做的是把手伸進雨裡，
再仔細撫摸身邊宛如盆地的人。
他們欠水也渴望安全。
每個都蹭滿了透明的經緯，
串起叮叮噹噹的太陽光。
我只是一片枯葉，
躺在一隻虎紋貓的背部，
等另一場雨鼠輩般地落下。

第一顆乳牙

那個年紀，似乎還搞不懂愛恨情仇，對四周抱持著朦朧的看法，認為「有人給我吃」、「有人讓我玩」即是一切的單純世界，已經回不去那個時代了，某些情緒，卻在心的最底層漾出水花。

儘管印象模糊，還是能大略勾勒出，第一顆乳牙在什麼時候掉落。那是個微不足道的場景：我坐在映像管前，看著了無新意的泡沫連續劇，一邊用指頭敲著門牙，一邊摳著磁磚上的黑垢，不知不覺，門牙就這樣給我敲掉了，它跌落在地上，沒有聲響，加上我看電視時沒打開大燈，根本不知道它滾到哪，只覺得口腔少了個東西，感覺有些空虛，便用舌尖不停去舔那個缺口，沉溺於血的甜味的同時，四處摸索失去蹤跡的乳牙。

找到的時候，乳牙已經沾滿了灰塵，拿到水龍頭下洗，才發現它並不如自己想像中那樣潔白，「不過是個摸起來有點堅硬的東西」，卻被我小心翼翼包在衛生紙中，放在枕頭下仔細收藏，有時還會跟它說話，譬如在幼兒園哪個女生相當聒噪，要不就是大人都在扯謊，諸如此類對孩子而言非常重要，但實際上不值一哂的小事。

漸漸的，乳牙一顆接著一顆掉落，我也漸漸忘了第一顆乳牙是怎麼遺失的。畢竟恆齒慢慢長出，而我也學會了按時刷牙、使用牙線，偶爾去看個牙科醫生，總之就是遺忘了曾經掉落乳牙，或是期盼著乳牙掉落的那些往事。

就像初戀那般。

在經過多年之後，我早就不記得那個人長得什麼樣子，但隱隱約約清楚，自己的舌頭在尋找那個令人安心的空洞。不過是顆乳牙，掉了還有恆齒，長大的我對著還沒上小學的幼童，以成年人的傲慢這般說著，而那時並沒有人對我這樣解釋。

而我想向那顆乳牙道歉：對不起，我忘記你了。並放肆地糟蹋現在的恆齒，有的要做根管治療，有的對冷熱相當敏感，而成年後的牙齒一旦拔掉，就不會再長出來，但不知為何卻不想要去珍惜。

吃下一大口從便利商店買的水蜜桃冰淇淋，瞬間的疼痛讓我眉頭緊蹙，但不要緊的，事情就是那樣，不管痛苦或是歡愉，都是要嚥下的。想起我最後一個對乳牙許下的願望，呆愣了許久，任由冰淇淋慢慢融化，一滴滴跌落在白色慢跑鞋上。

彈簧床是距離清醒最遠的海

彈簧床是距離清醒最遠的海，
泡在裡頭，
覺得自己像隻忘記方向的水母，
軟綿綿的，
什麼都不想思考，
只要順著睡意飄浮就好。

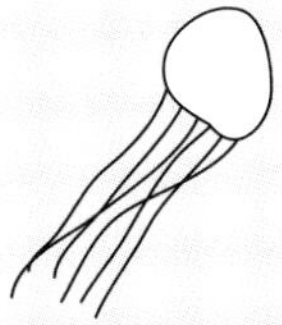

我只想當一個詩人

我想寫詩的欲望
和我想當好人的欲望
一樣巨大
如果不能寫詩
我不想當個好人
如果能夠寫詩
我可以當個胖人
或是賤人
即使寫的詩不能見人
我還是想當個詩人
就算我早已是個胖人
而且是個賤人
不是個好人

超級壞人
我只想當一個詩人
和我想寫詩的欲望
一樣巨大

iii

②軟釘子無法被打進質樸堅硬的木頭

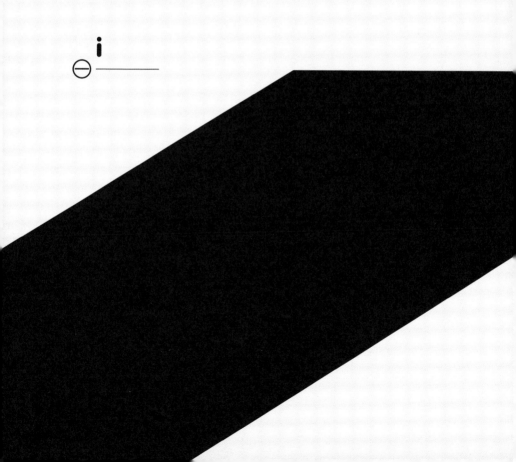

軟釘子無法被打進質樸堅硬的木頭

軟釘子無法被打進質樸堅硬的木頭，這並不是施力點和施力的問題，而是對象選取有了差錯。事實上，釘子如果有軟的性質，也無法成為釘子，更無法釘住任何事物。

打從一開始，期望軟釘子能釘住什麼，就有點自娛娛人的荒謬。只是可惜的是，即使是毫無意義存在的物件，它存在的理由就是毫無意義。

那麼，巴掌就另一個角度而言，就是軟鐵槌了。啪啪啪，用手去拍打釘子，手掌會發紅發燙，醫生會建議你不要這麼做，心理醫生會建議你：他的診療並不會很貴。

我不是大俠

人都會有年少輕狂的時期，但這通常是不夠成熟的託辭。大二，是我求學階段中最為墮落的關鍵，不僅鬍渣不刮、衣衫襤褸、頭髮亂翹，言談更是偏激極端，也許跟當時苦讀三島有關吧。不過我房間可是相當整潔，只是給人漂泊不定的浪人印象。

那時，有一堂課開在晚上六點。這是個令人煩惱的時間，明明可以攜朋引伴到餐廳大快朵頤，要不然就是躲在寢室裡呼呼大睡，偏偏就是要上課。倘若上課精采萬分那便沒話說，重點在於授課講師講課無法引發我的興趣。但這個學分又不能不拿，為了不使老師為難，我每次都會坐到教室後排，視課堂情況決定是否專注。

有一次，老師走到了我身邊，開口詢問我在讀的是什麼書，我想，沒必要一一解釋我在看什麼，便虛應故事搪塞過去，但老師窮追不捨，繼續問：「大俠你到底看的是什麼？」我也不清楚自己哪根筋出了毛病，隨口答了一句：「我不是大俠，我不愛吃漢堡包。」

頓時教室空氣凝結。明明是夏天，卻讓人感到異常寒冷，只見老師丈二摸不著金剛，一臉狐疑，深知這個電影老梗的人忍俊不禁，以手掩面忍住笑意，其他人則是不發一噢，也不想跟老師解釋……於是，老師再也不跟我說話了。

我的確不是大俠，也不是個恪守禮儀的好學生。就像夜市打彈珠的機台，即使能控制彈上彈珠的力道，卻無法控制它會落在哪兩道釘牆之間。大學畢業後，離正常人的日子越來越遠，至少我明白我並不會如來神掌，沒辦法成為別人的大俠，但至少可以走進麥當勞，點一份雙層牛肉四盎司套餐，即使BMI超標也要一個人吃完。

我曾被裝在垃圾桶中被踢下樓梯

回想起來，為何常常使用很暴力的詞彙，譬如：推下、刺穿、摔碎……等教人感受到無比惡意，仔細思索，最有可能的遠因，或許是國中時令我忘不了的那個經驗吧！

讀國中時，班上龍蛇混雜，即使是同班同學，下課也會有起口角、互鬥的機會，每天處在喧嘩、爭吵、打架的環境中，情緒跟著也變得很壞，偶爾會跟某些已經在道上混的同學頂嘴，當時就曾被揪著衣領，面露猙獰的問是不是不想活了。少時血氣方剛，沒想太多，不懂得收斂，回答的不是很妥當，之後就被惡整也是很正常的。

在某個午休過，還未睡醒，整個人呈現迷濛的狀態，突然有一股強勁的力道將我如拔蘿蔔一般從座位拉起，連反抗的能力都沒有，就被塞到垃圾桶中。當時我還搞不太清楚狀況，但惡臭讓我很快查覺到不妙的事實，回顧四周，幾個眼神很凶的男子對著我露出詭異的笑容，將裝著我的垃圾桶慢慢推出教室，推到旋轉梯旁……我大概知道他們要做什麼了，但這時候不能求饒。

沒得到該有的反應，惡少們的首領，也就是我反抗的那個同學，大腳一踢，我就這樣滾下了樓梯，混著濃烈的味道，一階一階地滾了下去，雖說只有七階，但整個人頭昏眼花，快要吐了出來，我整個人攤在地板上，額頭流著泡麵的湯汁，但不知為何，腦筋相當清醒，從這一刻起，我便學會了更暴力的事物：無視暴力。

為什麼喜歡「推下」這個詞呢？不覺得把某個東西推出去，讓一個物體得到根本性的移動是件很快活的事嗎？我在短短七階的旅途中，似乎頭腦有什麼被撞壞了，看到碎裂的蛋殼就會愉悅不已。

而我很清楚，去爬山時一定要走最前頭，並不是能優先飽覽美景，浸沐於大自然的動人詩篇中，而是愛護自己的雙手，就是別讓它擅自伸出。

我曾用刮鬍刀把眉毛刮掉

話說眉毛和頭髮一般，能反映一個人給人的初步印象。譬如濃眉者多半具有膽識、剛健果猛卻好逞其勇，眉呈劍峰則是行事果斷、身負理想但易因面露凶光而遭忌。可以說是提供他人了解自我的一個媒介。

曾經有人說我的眉毛讓人感到畏懼，令人不敢親近，不管是往昔或現今皆如此。而在高中時，我曾幹過一件蠢事：用電動刮鬍刀除去自己的眉毛。說實在的，也沒有其他理由，就因為刮鬍刀可以刮鬍子，那麼可不可以拿來刮眉毛呢？一想到此，手便開始動作了，等到察覺事情不妙時，兩眼上的眉毛早已杳然無蹤，空留彷彿殘影般的黑色遺跡。

到了學校，受到同學指指點點是必然的，連老師都聞風跑來問我：你的眉毛怎麼了？為了掩飾我的愚昧，我便扯了個大謊。「是我弟弟趁我睡覺時拿刮鬍刀刮掉的啦。」之後，在校內我盡量戴著帽子，遮掩自己的醜態。直到眉毛長出來前，我一刻也沒看過鏡子。

如今，我再也沒主動談起關於眉毛的話題，就是怕觸及這段往事，以及讓弟弟揹黑鍋感到愧疚不已—其實我也明白同學是陪我作戲—他們早就知道我是會幹那種荒謬的事的貨色了。

中庸和牆頭草

中庸和牆頭草的差異，就是前者有法拉力的引擎，卻習慣用腳健行；後者明明只有三輪車的馬力，卻妄想橫越美洲西部。

中庸之道看起來什麼都沒有，內心卻是充盈豐沛的。

牆頭草乍看之下擁有了很多事物，但最後剩下最多的是孤獨。

一個人在彈簧床上跳的感覺很棒

一個人在彈簧床上跳的感覺很棒，力道可以自己控制，也不會對彈簧床造成多大損害，但一群人在彈簧床上，不僅惱人，而且什麼也不能做，讓你反省一件事情：為什麼要在彈簧床上跳？

但只有你一個人時，你會思考這種事嗎？

你一個人照鏡子時，會覺得一堆人照時是很奇怪的嗎？

當兵時，一群人一起盥洗時，有時間去思考這是很奇怪的事嗎？

好，那我們來思考，為什麼婚禮要那樣鋪張？喪禮要那樣哭得像世界末日，還請一堆人助興？結論就是在一群人之中讓你沒辦法自己思考嘛！

完畢。

硬幣只有正反兩面

硬幣只有正反兩面。你把它放在手上時它只有一面。把它握緊，它連價值都不讓你看見。而發揮硬幣最大的效能就是，讓它轉動，像風車在無風的時候，仍然慢慢的轉動。

只是你沒時間細看。

將橡膠拖擺進鞋櫃的瞬間

將橡膠拖擺進鞋櫃的瞬間，猛然驚覺：自己又左右腳各異的出了門。是否在潛意識中，刻意排斥成對這個概念呢？還是我還停留在事物能滿足功能性而非美觀的層次？

如果有左，就必須聯想到有右，這是個很理所當然，也很光明磊落的理由，好像不湊個對，心中就會有所疙瘩。但我卻喜歡有個單純且固執的方向，譬如削鉛筆機就只能順時針轉、把果醬轉緊就只能逆時計。

之前，有位前輩穿著不成對的襪子，讓我燃起了敬佩之心，在這個強調秩序，甚至有點鄙夷失序的年代，能這樣悠然地穿著不成對襪子的好漢已不多見了。（我可不是為我常穿反襯衫找理由開脱）

那麼，我該怎麼面對鞋子被製作成一對的初衷？簡單，回到家之後，左右腳對調，再穿錯一次出門吧。這世上有太多看似自然的秩序，而活在之中令我渾身發癢。

《分成兩半的子爵》中，善與惡被活生生拆散，就命題來説，各自是極度偏激及讓人難以承受的，但就我而言，我並不喜歡他們合併之後的圓融，那無非是對分裂之前的兩個自我的侮辱。我覺得太屈就於現實，過於妥協，反而會失去尖銳的一些本質，縱然這份尖刻，將會刺穿許多柔和的薄膜。

好的，我想，還是有東西是不需要成對的，而那樣的東西，勢必需要更嚴苛的向度。

孩子們常常寫錯字

孩子們常常寫錯字，也時常忘記寫過的文章要多唸幾遍，更容易重複使用相似的詞彙，而這也是大人常犯的毛病。

只不過有所差異。

大人會犯一些觸碰他人逆鱗，但自以為小錯誤的禁忌；做事情很少思慮自己的行為合不合乎大局考量及內部細膩；對事物的處理態度單調，停滯在原點很少變化。

喔，還有就是喜歡遲交自己的人生。

學分一定夠修，只是看你有沒有心修得好。

夢想

夢想，對於我這種已過而立之年的大叔，似乎像是在等待開水燒開，急著把熱水倒進泡麵，讓調理包的肉片能提早嚥下的那種東西，有點雞肋但不吃會可惜。縱然如此，我還是想掙扎一下，希望能對自己說：「我是個能用笑話讓鏡子龜裂的男人。」

但事實上，我渴求的是什麼呢？關於夢想或願望，都是過於抽象，譬如擺在餐盤上的一顆完好蘋果和水果刀，你要不就是拿起水果刀削皮，要不就是拿起蘋果直接啃，最糟的結果就是把水果刀和蘋果都放回原位。對於夢想和願望釋出的好意，若有著一副不解風情的模樣，可能是會遭天譴的。

翻著朋友送我的小說。我希望自己今年的願望只能有一個。

「一如往昔。」

看到 FB 的待機框中

看到 FB 的待機框中，停留著「某某，發生了什麼事嗎？」我覺得這是種暗示：真的是要我們發生什麼事嗎？但很遺憾的，正因為「什麼事」都正在發生中，所以「發生」成了不夠新奇的事。

現代人的口味都太重了，沒有什麼天崩地裂的事，是不會變成什麼「發生」的。那只是一種現象，很自然的，比呼吸還要自然。不妨說與其擔心發生什麼，還不如說是期待什麼正要發生。

有時就會有人主動去操作它，製造事端，只為了看到人們徬徨的樣子。而 FB 是個很遙遠卻又咫尺的平台，可能容忍任何杜撰，正因為如此才深受多人喜愛呢。

「家立，你今天無賴了嗎？」我可以很誠實地說，還不夠糟糕，還可以再垃圾一點。

iii

③大山文化愛護您的雙眼

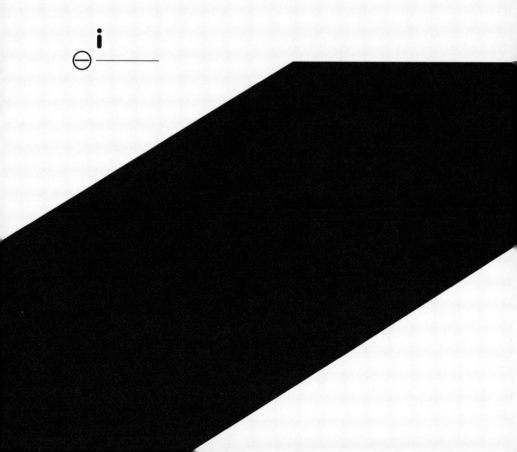

大山文化愛護您的雙眼

大山文化愛護您的雙眼，尊重您的海綿體。海與山，原本互無瓜葛，在潮騷的牽絲下，所有聲音，都從簫中一一奔孔而出，宛如水蛇出洞，又似水雲撲沙，海天一景，無論遠眺翠碧或近踏鬱青，皆是落花之喜。啊。圓滿是十指的真理呢。

只屬於我的抽屜

我有書寫日記的習慣，而且通常把它藏在只有我知道的抽屜裡，不准許任何人翻閱，也不打算公開內容，譬如昨晚我創造了一個數樓梯的方法，或是上星期想到一個把記憶釀成果汁的秘方……我沒有說出它們的必要。

藏起我每天秘密的抽屜，是專屬我一個人的，小天地。看起來很狹小，但實際上相當寬敞；外觀是亞麻色，相當亮眼，摸起來質地細緻，卻有股說不出的冰冷，能從觸摸的指尖傳回詩意的溫度。只有我才能擁有它，當我心情不佳時，我可以不去理睬它，讓日記本獨自躺在裡頭，慢慢發酵，散發出梅雨季節的味道。

而當我心情愉快時，我才會呼喚它的名字，才想拉拉它紅色的拉環，放進我的心跳，塞進我所看見的一切－除了日記本之外。我喜愛我的抽屜，當它的名字和妳是一模一樣的那時，我覺得我像是個柚木書桌，負責裝著妳的全部，期望能填滿妳懷中的空洞，或是輕輕拉著妳胸口的拉環，聽聽下雨般的摩擦聲音。

妳是我放進一切的抽屜，除了秘密，還收納了我的青春，我的眼神對焦的地點，甚至是我呼吸的節奏……但始作俑者不正是把妳封進我胸前的我嗎？用妳的淚水書寫日記，是我每天睡前的習慣。日記本不能是乾的，這是我與妳曾經吻合的約定，而如何放置，卻是妳選擇的訣別。

我的一切，都放在了妳的永遠之內。妳是我唯一的抽屜，每個晚上，我看著星星輕輕拉開妳；日出之後，我則背著拂曉推回妳的冰冷。我有書寫日記的偏好，當我仍不能滿足於妳的一推一拉。只要妳對著冬天敞開雪色的胸膛，露出亞麻色的，超越換日線的偏執與摩擦力。

我想我是熱愛轉轉蛋的

只消投個錢幣，旋轉一下把手，就會有貨品掉出來。這樣的機制實在是不怎麼難，卻存在著令人苦惱的機率問題。當你想要轉轉蛋時，一定是看上了這台轉蛋機裡的某樣東西，而不會是其他轉蛋機。而遺憾的是，轉蛋機裡一定有著其他你不想要的物品。那怕是第二順位、第三順位，轉到它們時雖會有愉悅的心情，但畢竟持續不了多久，因為那既不能說是補償，也不能說是目的，而是一種替補。而進行轉轉蛋這個動作，便是確保自己的好奇心能被磨損到什麼地步。

將手放上燒燙的鐵條，結果是可以預測的，但能不能持續「這個動作」，則無法預測。人生很像是一台巨大的轉蛋機，上天給予人的天賦就是那樣，一如轉蛋機中只會擺著有限的商品，種類不會更多，也不會更少，除非它正在「說謊」。因此，投幣與獲得就是唇齒互依的關係，你經過多少努力，可能得到的報酬都不同，但絕不可能抵達你沒被賦予的境界。

我喜歡那種被侷囿仍不斷掙扎的感覺。在絕望中追逐著希望，我想我是熱愛轉轉蛋的，因為再怎麼努力，我可能只能達到某種預測下的終點，而不可能規劃上天沒有預計擺在我生命裡的路線。

我投入錢幣，旋轉把手，再伸手去摸掉下來的轉蛋，隔著塑膠球，我雖然可以猜想裡頭是什麼，但裡頭的內容卻是有限的，這會激起我不停嘗試的衝勁，而這般在有限區域中的奮鬥，很羅蘭，也很唐吉軻德，但我並不討厭這種必然的無奈。

收集

「就決定是你了」的經典台詞，在猝不及防的情境下，再一次攻佔了我的耳蝸，讓它提前分泌滑溜溜的黏液，以便能讓這老掉牙的話能輕鬆進入。每次看到那戴帽子的小男孩，一副稚氣未脫卻又大聲嚷嚷隱喻著大人行為模式的言詞，有多少次想衝入螢幕好好修理他一頓。

雖然不是口袋怪獸訓練師，但我仍有收集的東西。小時候覺得從鼻孔裡挖出污垢很有趣，便嘗試將它們揉成一團，混著幾粒沒吃完的糙米，想試試看它會變得多大，直到有一天母親說太過噁心而自行處理掉，那時我因此哀痛欲絕了兩三天—兩三個禮拜的辛勞就此枉然—明明就跟巧克力球一般大了，還打算拿水彩替它上色呢！

再不然就是拿著空塑膠袋，每到一個風景優美的遊樂區，無視周圍遊客的目光，拚命盛裝那看不見的空氣，確定裝飽了袋子後，用橡皮筋綑綁袋口，帶回家逐一編號，然後趁著工作疲累時，把袋子打開，浸淫在那抽象的風景之中。

有的人收集郵票，而有的人收集古董，每個人嗜趣不同，但關鍵在於必須明白自己為何收集，而收集的目的不只是追求稀罕、趣味，有可能是因為滿足佔有欲，所以我說那戴帽子的小男孩是不及格的，因為他只是收集寵物來競賽，沒有更深入的欲望，譬如物種交配等等。

話說我雖然收集過鼻屎、廣告紙、撕碎的詩刊、空氣，但可沒採集過奇怪的東西喔。

指甲剪像是小型的斷頭台

我覺得有時指甲剪像是小型的斷頭台，劊子手是拇指和食指。突然能理解為何有些人指甲要留長，因為他們不忍殺生。要削掉指頭上的月亮，儘管流的是白色的血，也讓人毛骨悚然。

夢是一顆糖

夢是一顆糖，有人當軟糖吃，有人則急著咬碎。但大多時候吃不完，隨便找張包裝紙放著，忙碌後，卻忘了擺在哪，或早就爬滿螞蟻。如果牙齒並不太好，就只能輕輕地含著了。

乾掉的濕紙巾

由於毛毛躁躁再加上不注意小細節的性格，常常造成很多浪費，譬如使用完溼紙巾，鮮少順手將蓋子蓋回，經過一段時間後，溼紙巾便能乾燥而失去功用，之前曾因此讓家長有所微詞。我想，放了許久沒蓋好就會乾掉，溼紙巾很像網路上的言論，倘若不謹慎來源及去處，也很快的就會喪失它予人的新奇。

在網路上看到不少自己不甚喜歡甚至反感的言論，每次都會想在下方反駁，意圖駁倒對方，證明自己口才過人，但卻又在瞬間揮卻了這般想法：也一定有人看不慣我的言論和想法，卻很寬容地盯著我的發言。正因為這些人默默地包容我的放肆，我才能暢所欲言，說出自己的想法吧？

總不能拿乾掉的溼紙巾，去擦嬰孩小小的臀部，那樣只會引來嚎啕的哭聲。而我已經是大人了，就算不需要溼紙巾，也不能拿乾掉的給別人，畢竟是人都需要面子，都要有個容光煥發，看起來能滴水的滑嫩模樣。

晚安布布

今天在火車上看《晚安布布》第十集，淺野一二〇的作品，探究兩性間難以用理性和情感切割或融萃的問題，間以社會背景和風土民情，描述出人的許多可能性。

愛與性的交織，期待與背叛，謊言與刻意謊言，這些東西都是對我很遙遠的事物，儘管理解，但我卻是一無所知。

說來慚愧，沒想到我心底也藏有深刻的憎恨，而這份憎恨不是情感和理智可以控制的，即使不斷告訴自己，不能有負面情緒，但內心就是很波濤洶湧，卻要裝得沒一回事。

恨就像是撥打無聲電話，明明電話接通了，也記得電話號碼，卻一句話也不想說，不是不知道該說什麼，而是很清楚知道自己想說什麼但卻是無法說出的言語。

我需要一顆沒成熟的青色蘋果塞住嘴巴。

在大笑之前先練習微笑是基礎，而我跳過了這個過程。

（燦笑）

跨欄

每次拿出悠遊卡，等待閘門開啟時，總是有個異想天開的念頭浮現：好想奮力跳起，跨越那道障礙。

遇到障礙物，下意識就想排除，而「跨越」是一個讓人血脈賁張的作法，想想，你整個人凌駕於物體之上，以私處俯瞰某樣事物，那是多麼志得意滿！不僅滿足了個人想要前進的欲望，更藉由跨越這個動作，證明自己是高高在上的。

曾經，我是個很喜歡爬牆的人，國小時，儘管學號姓名上繡著紅色槓槓，還是每天翻閱矮牆，無視別人的目光。那麼，為何長大之後就膽怯了呢？於是，我不應該等待閘門自動開啟，而是在刷完悠遊卡之後，優雅地跳過那個缺口，即使障礙物不存在。

跳吧。過了一定年齡的跨欄是快活的，即使我想跨越的是銀閃閃發亮的鐵條，會用它的凜冷仰望著我的跨下，露出半是哀愁半是憐憫的無奈。

靜是一種遺產

靜是一種遺產，更像絕崖峭壁，由頂端滑落比攀爬容易。深覺自己一貧如洗，居於陋室，唯有一條電線能夠解愁：三孔插座彷彿一張綻著疑惑的臉，凝視我遲遲不願插下充電器的手。

就在此刻，門外傳來沒有節奏的敲擊聲。

「晚餐了。快下來吃飯。」隔著一塊木板，距離和人情就這般抽象起來，桌上的衛生紙也像一面峭壁，容忍規律的喘息聲私自在上頭風化，隨著摺痕的陰影，一口一口吞進我敲打筆電的嘈雜，並假裝與我素不相識。

躁動而闃靜，眼眶下的黑水塘藏匿不少珍寶，其中一樣是我雍容的睡意。嘴唇微張，不知該說什麼，報導仍盤縈在垂落下水道的繩梯中，我只希望他們—那些被困在體制的學生們—能夠安靜地睡上一覺。

滿地是靜的殘骸，拼起來卻是喧囂，不解。

④ 眞的是什麼也瞞不過孩子呢

真的是什麼也瞞不過孩子呢

人小鬼大，還不足以形容這年頭的孩子，他們，往往有出人意表的想法和大膽行為，像是不停從沸水裊裊上飄的氤氳，極容易與你的思緒纏繞在一團，比弄亂的毛線球更難收拾。

國小孩童，尤其是才六年級，就懂得輕施淡妝，在學校穿著藍條紋短裙或絲襪，耳垂懸著手工精緻的半月狀耳環，微風一吹，年輕的氣息便叮叮噹噹響了起來，讓我不禁扼腕並在心底碎唸：我以前讀小學時明明大家都穿土色的卡其服啊！

時代終究是在變與不變中徘徊。男學生依然愛捉弄女同學，而女學生顯得成熟不少，下課會群聚在一塊討論怎麼擦指甲油，或是電視上哪個影星演員多麼攝魂。不管如何，這些可能都是他們呈現的模樣，扮演好旁觀者的角色，像做車輪餅的鐵模，只要等著倒入的奶油均勻散開即可。

但我錯了，他們的好奇心難以衡估。有次上完課，一個可愛的女生跑來問我問題，在解答完她的疑惑後，她望著我的臉久久不發一語，讓我以為是否當天儀態邋遢，連忙整理衣服，撥撥頭髮，在下一秒她說了一句話。

「老師你還是處男對吧！」

噗。我差點噴出喝下沒多久的茶，頓時眉頭深鎖，提醒自己冷靜，這時要輕鬆面對。

「關於這個問題，我覺得不適合在學校談。」

「你明明是個處男，但散發一股變態的感覺，你喜歡大胸部對吧？老師！呵呵。」

這傢伙到底在說什麼啊？

「雖然你是個變態，但老師給人很安心的感覺。」她伸了伸懶腰後跑出教室，留下我一個人，被清脆的鐘聲包圍著。

變態啊。我喃喃自語，真的是什麼也瞞不過孩子呢。

今天是開學

今天是開學。對我來說是一個「照舊」的日子，但對那些需要家長攙扶，必須大費周章經過許多鮮花裝飾的竹編、一個個配掛著過份燦爛笑容的老師的孩子們，卻是一個可能印象深刻的日子。活動中心擺滿了椅子，這些孩子穿著制服，左顧右盼，有的在搜尋自己的父母，有的則是默默啜泣，再不然就是坐在位子上不發一語。

我頓時覺得我們這些大人，真的是很糟糕的一群。其實，想辦開學典禮的，只是我們這些大人吧？我看見特教班的孩子按捺不住，在老師安撫下離開會場。繁瑣的流程，究竟是說給孩子聽的？還是與會的家長聽的？這些形式，每年都要來一遭，雖然對每個人來說，只有一次小一的入學經驗，但我不怎麼相信這些孩子覺得這樣是有意義的。（如果你不拿一些增強物哄騙是不是就沒辦法說服孩子我必須經過這個儀式）

祭品。我很不想用這個詞，但這些孩子，難道不是被捧上祭壇的祭物嗎？用來證明「入小學的瞬間」多麼光采，我不禁想到酒瓶的軟木塞被拔起時，發出清脆的「啵」一聲。原來我們把孩子當成軟木塞啦。

也許，這是一個行政上不得不的考量。怎麼快速而有效率的讓學生融入這個環境，是教育者必須履踐的責任，明明瞭解我只是在無理取鬧，但不知為何，就是無法喜歡開學典禮這玩意，就像是宣告你要進入某個空間，而你無法婉拒一般。

我已經被迫玩了很多遊戲。倚靠著冰冷的水泥牆，我看著孩子燦爛的笑容，照理應該是欣喜的，卻不知為何，我不停注視手腕上的錶，希望典禮趕快結束。

奇怪的同學

在上課時，你一定有遇到奇怪的同學吧？而且他還坐在你的隔壁！在以前那個年代，桌子是長條形的，可讓兩個人共用，有時候男女生就會劃清界線，用立可白或小刀刻出國界，只要一超過就會受到白眼，那樣的年代很青澀、純樸。

但如果坐在你隔壁的，是一個上課不認真，老是想著有趣花招的同學呢？

1. 在上課時拿出一堆橡皮擦，試圖排複雜的骨牌，然後在完成的一瞬間，推倒。
2. 在桌子上用黑白子排成動物的模樣，讓他們打來打去。
3. 用工具將桌面磨得光亮，甚至可以產生靜電。
4. 在大家都已經聽古典音樂睡著時，拚命製作白色的拼圖。
5. 用棋子疊成巨大的棋子，然後盡情蹂躪另一方……

被奇怪同學吸引的女學生，不知不覺也跟著玩了起來，在日常生活中，遊戲和歡樂才是最重要的呢。

畢竟沒有歡笑，世界是無法被構築的！

悲痛無濟於事

每到一年一度的鑑定安置期，就必須打電話邀請家長來做評估，在撥電話的過程，話筒那頭有不少令人嘆息的故事，這些故事從幼兒園所或個管中心送來的資料可窺知一二。

有的孩子的父母年紀輕輕即離異，要不就是遭逢家暴，被送到寄養家庭接受撫育；有的則是社經地位低落，或是父母本身具有身心障礙手冊；更有的孩子其家長不聞不問，在父親的欄位上留下了空白。

有時，得依據話筒另一端的教養程度，忖思各種不同的說話語氣，在面對這麼多家長之後，我只想到孫臏怎樣教田忌賽馬的方式。能給補助的，就多給補助。不能給補助者，提供教學策略。無能介入的，就交給社福機構吧。

可以把曲線扳直但無法把直線彎成美好的弧度，這世上充滿著不可逆，只是大多時候，我們留下許多虛假的逆反應催化劑：除了悲傷就是同情。這些東西無濟於事，卻像是食物添加料，可以讓食物看起來更可口，但不一定營養。

我沒閒情逸致同情他人，只因幫助他人改變，比無謂的表情起伏重要許多。話筒像是龐涓還給孫臏的腿，不管怎麼攙扶，聲音都不會自己飄過去的。

老師是一疊便利貼

老師是一疊便利貼，供學生每天使用，可以在上面塗鴉，寫些心情札記，也可以記下重要的事物，更可以只是想試試筆能不能用。

便利貼的好處在於，可以隨時黏，不像筆記需要隨身攜帶，而且容易銷毀。

老師和學生的關係應該就是這樣輕鬆且不拖泥帶水。

吸附

吸附，是一個神奇的動作，可以讓嘴唇察覺它的神聖性，在與被接觸物磨合的瞬間，溫度會自然而然地變化，讓感受產生質變。

這樣的質變，或許能使腦內的欲望，多一點點清澈或混濁的理由。

就像吸血鬼在吸血前，總要望著彌月祈禱一般，得為自己即將進行的吸食動作，預留一個合理的退路。

深夜的蟲唧，反反覆覆地汲取著黑色的甘泉，也許在黎明來時，可以流出米白的淚水，宛如妳莫可奈何的胸口。

冬至

走進家門後，又走進另一個夜：那是由寒冬冷凝的魔笛，從離感性最近的孔深入，我能聽到的，是孅美童話裡，通常是災難象徵的紡車，所轉動的聲音。

下一刻出來時，也許是仍披著濛濛薄霧的再黎明，它的嫵媚抵不過手邊苦澀的清茶，而星期日總該如此閑雅。

也許你從另一個孔進入，能聽到的聲音，可能像燈塔盼望船隻歸來那般，除了瞭望，就是攪上鹽分的等待。

冬至來了，不遠的，是月曆或年曆的盡頭，也可以是一本新日曆的開始，我換掉舊茶包，舌頭不小心被燙到了。

很痛，但不怎麼難受。

吃夏威夷豆

回到家，迫不及待拿起芥末味夏威夷豆，一個接一個，不停地吃。

我的手並不主動去挑選豆子，但豆子們都很有默契，毫無掙扎滾入我肚子裡，直到我放下手指。

有時挑選這件事，只是看心情而已。吮了吮指頭的碎屑，略帶憐憫地蓋上瓶蓋，我走回寢室，預備被我的夢境挑選。

一些沒用的回憶

我回憶起在國小一年級的教室，穿著保守的教師帶領孩子唸第一冊生字、生詞的場景：打掃（然後跑出一堆注音符號，ˇㄉㄚˇㄙㄠ）

是的，這是個被標碼的時代，存在的每一樣事物，都有其命名和拼音，或許看起來滑稽，但你不可避免的，在某些演講場合，可能看到某位滔滔不絕的教授面前，立有一個簡明扼要的桌牌：*#*教授。而這就是他那時的編碼。

人是對自己很沒信心的生物，如果不藉著某些備忘錄，很可能會遺失對於某些東西的定義，像電風扇，我們會解釋成一插電便能旋轉製造空氣對流的機器，而非三葉追逐著彼此的，略成扇狀的塑膠片。當然，當你擁有更大的力量時，你想改變事物的命名及意義也無可厚非。

文學，就是這麼回事。因為太陽光很大，所以莫梭不得不開槍結果了一名阿拉伯人；帥克以其幽默式的應答，一次又一次逃過了時代的壓迫；過度解釋或輕率忽略，像一枚硬幣的正反面，雖是不同角度的觀測，能證明是硬幣的一部份，卻不能很凜然地說，有含有其中一個條件便是硬幣。

後來，我看見旁人煞有其事地交換名片，嘴角總會不禁抽動，「把自己的定義就這樣交出去了」，可能是件危險的事，畢竟，人是一直在變的事象，粗糙地概略自我，很容易造成他人的迷惑。而我，很狡猾地從這個系統溜走。

我對於自己的無知感到恐懼，一方面感到驕傲，為此，我持續被文字洗滌，並在陽光下學習怎麼成為鐵鏽，摸起來沙沙的，感覺有點髒。

在廚房工作的年輕小弟

在廚房工作的年輕小弟，認真誠懇，在滑動手機時，我偶然瞥見螢幕背景是個可愛的女孩，細問之下是他交往的戀人，我拍了拍他的肩膀，勉勵他好好愛惜自己的青春，盡情嘗試。

「別像我一樣」（按抑住衝動，微笑不語）。我總是喜歡繞遠路，還會刻意無視告示，明知劫難在即仍會一頭栽入。苦即是樂，我不停這樣說服自己，於是我成了這樣矛盾的混帳，七分放蕩，二分肅穆，一分輕浮。

新年將至。無歌是最動聽的。

在雨天從不撐傘

別執著於原子筆斷水的理由，一如你在斑馬線上，對一顆莫名其妙滾來的皮球視若無睹，面無表情看它被汽車輾過—即使抱持這樣從容—或說是冷淡的心態也難傷大雅。在考場中，不會有人遞給你用起來順手的筆。而低頭疾書各自的解答，以常理來說非常自然，就像一提及老人便不得不聯想起枴杖，其中洋溢著芒果般甘甜的薰香，卻隱約蘊藏著陰謀的氣息。

然後，她在雨中總是使自己趨近於透明，便是一件可以被理解的寓言。與她無關的一切，全部只能定義成「你」這個通俗的代稱，即使是手邊粉紅色的折疊式雨傘，或是跟隨著她的影子，一路由前一個緋紅之秋到今年吵得不停的初春，連名字都被淋溼的我，把這兩件事物放在天秤兩側衡量，結論可能比一滴滑過她臉頰的雨珠還微不足道。灰色的街道、深碧的洋裝、濺起水花的計程車……這一切的一切，宛如商品外層的保護膜，在物品沒有真正發揮功用之前，只是透明的裝飾，比呼吸還要薄。

「為什麼要垂直落下呢？」她的眼神流露出這樣的疑問。

為了感受與走路不同的方向感，選擇被雨水拍打，裸露彷佛空白考卷的肌膚，讓細緻的雨墨寫下無色的言語，坦率地敞開所有孔隙，任憑濕冷在身上遊行，那不是一般人能享受的雍容，她撥了撥流淚的長髮，眼瞳中躲著比四月更斷魂的野獸，握緊傘柄的右手微微顫抖，而左胸那兒始終乾燥如永晝的沙漠。

「那裡沒有任何東西的。」她輕輕推開我的手，輕蔑地瞅著露出笑靨的太陽，撐起了小傘，往隸屬於她的濕漉繼續踏步而去。傘尖刺著一顆褪色的心臟，似乎不太流血，也沒有跳動的可能性。她走路的模樣很像斷水的原子筆，讓人無法辨識，但她回答問題的態度，像便利商店的微波三明治寫實，又像條碼縫隙間的秘密那樣魔幻。

我在斑馬線從右邊數來第三個空格開始作答，反正不會有人催促，腳步再怎麼緩慢，也不可能影響評分；把天空整片染成蒼白，跨出的任何步伐也不會有任何色彩。街道又回復原本熟悉的模樣，每個人看起來都很陽光，燦爛且刺眼。

而她遠遠看起來像充滿魔魅的點陣圖。一靠近，什麼都模糊了。

釘書針那細膩的哀傷

處理文件時，不可避免的，一定會使用到釘書機，將同類的釘在一塊。重複多次這樣的機械動作後，更換釘書針是種必然，我不得不注意到一件事：釘書針們彼此緊緊相偎，卻在一次又一次的裝訂下，被迫分離，彎曲自己的雙臂，去摟擁先前素不相識的紙張。

左手接起電話，詳實回答問題的同時，我的右手依舊無情地釘下一根又一根針，好似亂點鴛鴦譜的惡人，更過分的，倘若釘錯文件，便毫不猶豫使用拔釘器，再度拆散與釘書針好不容易締結情緣的紙頁，然後讓它接納新的對象，在潔淨的身體上又壓下了新的傷痕……

我無暇對這些文書與文具道歉，即使它們想擁有情感。而自囚於小小方格的我，被沉悶的空氣釘在辦公椅上，無法動彈。陽光透過窗戶在鍵盤上灑下金色的芽，我想並不會茁壯吧？在那之前，我會拿剪刀剪掉一切，包括應被收納在置物箱的煩惱。

「您好，請問有什麼疑問呢？」聽筒另一端傳來有溫度的聲音，我把釘書機擱在辦公桌一角，那裡一片乾淨明亮。

啊你們這樣是能當老師否

說到大學生活，可謂多采多姿，浮濫的人生經驗告訴我們：大學四年是黃金時期。而我在這四年內可說是幹盡了蠢事，譬如教師節傳情活動選擇送花給孔子、為了模擬戲劇躺在教學大樓旁充當流浪漢、參加紳士淑女大賽出口就是無間道的名言……族繁不及備載，總而言之，可說是怪人之頂峰。

印象最為深刻的，並不是直接發生在我身上，而是經由同學轉述，才發現必須提振精神，收斂乖張行徑，繼續這樣放蕩、亂七八糟可能不太好。

有一次長假返家，我們幾個關係較好的朋友共乘一輛計程車。為了消磨到車站這段無聊時間，我便直言不諱，談起了一名大家都沒有好感的同學，這傢伙幹過不少骯髒事，曾經為了教師評鑑的事罵我三字經（他不同意我利用下課時間幫老師做評鑑）。對此，我在副駕駛座滔滔不絕，討論畢業前夕要怎麼教訓這傢伙。

「蓋布袋推進水池好不好？把袋子綁緊一些，再不然就是拿棍子毆打啊。」

不知為何，對於「綑緊」和「裝袋」特別有興趣的我，那天特別亢奮，絲毫沒有察覺運將以狐疑的眼光看著我。到了火車站我先行下車，自然不清楚他們後來有什麼話題，而不久後我得知了運將先生對我的評價。

計程車運將在我下車之後，面帶凝重，語重心長對著我朋友操著台語：

「啊你們安ㄟ瑪能做老師鰗？」

自此之後，我就不敢在公眾場所提到蓋布袋和推水池的事了。

⑤ 我的名字叫阿斗

我的名字叫阿斗

我叫做阿斗
斗是懦弱不可斗量的斗

我對朋友很好
他把腳踏進我們家草皮
我還會問他
要不要擦靴子
即使他還在我臉上撒尿
（我總是對著他勃起）

沒有人要跟我做朋友
但我覺得我很好

正因為我太好
所以我叫阿斗
斗是伸出手卻沒有人要握的
發斗

再過三天
我可能會多一個新朋友
也可能少掉很多朋友
我的朋友很少
懦弱卻很多
因為我是阿斗

介於和諧與荒誕的虛無

已經忘了是什麼時候，在一個燈光刺眼的教室，幼稚園老師催促我打開一個包裝精美、繫著粉紅色緞帶的禮物。因拗不過老師半是撒嬌、半是強迫的態度，不得已打開了包裝，開啟盒蓋的瞬間，有根燈管暗了起來，而禮物裡頭空無一物。

看著老師泫然的神情，我反而笑了出來，那是我覺得最棒的一個聖誕節：一個人從雲端跌入谷底，所承受的劇烈起伏。

就很像銀行搶匪挾持人質，欲開槍殺害籌碼時卻發現沒有半顆子彈一般滑稽。這跟拿著玩具手槍裝模作樣是不同的：內容物不同和沒有內容物，前者蘊藏一股迷糊的氛圍，而後者提供了更多無所適從的應對。

譬如今天，我想帶遊戲片到前輩的辦公室一起遊玩，在遊戲機架好前與致勃勃討論這款遊戲，機器裝設好後，打開盒蓋卻是空無一物，那一瞬間，我的靈魂彷彿被拋到異世界，即使肉體仍有反應，但早就失去了言語。

我並不討厭這感覺。回到家脱掉外套，剝去身分後，塞進棉被裡，我也只是個條狀物。跟打開驚嚇箱不同，身心空空的，什麼也沒有，反倒是有被填滿的充實感。

明明是廁所卻擺設得像客廳，和廁所並未裝設馬桶是不一樣的。我拿著只有說明書的遊戲盒，突然能理解當年那女老師的感受，緊緊揪著衣領，告訴自己不能太用力。

四處留情

剛踏入教職那幾年，無論是教學技巧或見識皆相當淺薄，在內行人眼裡像隻不會飛行的麻雀，嘰嘰喳喳在凹凸不平的地面上跳來跳去。為了要掩飾自身不足，我開始大量使用姓名貼和連續印章，企圖製造一個我所能掌握的浮華國度，在那兒，放眼所及盡是我的名字，只要感到厭倦，就把名字撕下，不去理睬物體表面那塊留有殘膠，彷彿祝融之後的荒原。

而這份執著從鉛筆、簿子、書籍，延伸到書桌、床鋪、衣服、電腦主機板……有一次還被家人斥責「你腦袋是有洞否」，也許是種補償心態，看著四周的物品被宣告為擁有者是我的當下，縱然那不過是自我滿足，心底也會油然湧生一股愉悅感，儼然自己是那尺寸之地的王，雖然只要輕輕一扯，什麼榮華或輝煌便會煙消雲散。

但終究還是有沒辦法貼上的事物。

當我想要把姓名貼貼到母親的身上時，常會被調侃「像小孩子」。而我沒有勇氣把姓名貼貼到她身上—即使在夢中—我仍是站得遠遠的，手上拿著一張薄紙，目送那人被輕風拂去。遽然，我遺忘了自己的名字，因為我把它留在了那人的背上，藉由從來無法穿透的目光。

她回家之後，就可以把外套脫掉，但我卻沒辦法冷卻那焦灼的眼神。於是我清掉所有的姓名貼和連續印章，並開始收拾被弄亂的環境。最難處理的，或許是黏在電視螢幕上的那張吧！想到以後打開電視，轉到購物頻道恰巧模特兒穿著絢爛內衣做宣傳廣告時，那對渾圓飽滿的胸部自此從我的姓名貼解囚，不再枷鎖於我盈滿佔有欲的意念下，就覺得萬分可惜。

還是把它貼回去好了。反覆撕撕黏黏，感覺很像把手伸進螞蟻窩，拔出來不是手指，而是遷徙的洞。

望著疊高的黑色托盤

望著疊高的黑色托盤，裡頭擺著由機器裁切整齊的肉片，鮮紅色的，卻在夾子的攪弄下支離破碎，過幾秒鐘，這些肉片陸陸續續浸泡在沸騰的醬汁中，任由甜與鹹兩種極端卻又相似的調味融入，我看著那些肉片由緋紅轉為灰黑，嘴唇微啟，不知道該對它們說些什麼。

我從來沒有想過，對被稱為食物的「東西」有過任何懺悔，那不過是種儀式，就像進入一個房間你大多必須旋開門把，而吞嚥食物之前必須經過有效率地咀嚼，我一口飲盡隨處可買的可樂，深深地打了一個嗝，仔細嗅聞有股令人不敢恭維的肉味。

那和昨天我在教室給人的感覺是一樣的。有的人小心翼翼敲碎蛋殼，細心將蛋白和蛋黃分離，而我卻連蛋殼都挑不乾淨。明明小學那個坐在旁邊恰北北的小女生警告你指著桌上白線嚴詞警告不得超過幾公分，你卻偏偏假藉打呵欠將手臂不小心地壓過去，還可能壓壞了她寶貝的摺紙害她梨花落雨而你心底不由得竊喜萬分。

我想我就是這樣的混帳。我跟壽喜鍋裡等著被撈起的肉片有什麼兩樣呢？每天，不是上博客來訂書，就是坐在書桌前反覆看著某本書某個刺激的橋段，再不然就是危顫顫地踩上體重計（就差咬著手帕輕嗲「討厭人家不來了」），我究竟幹了什麼好事？朋友說我不適合承平年代，我想可能有部分是真的。

時代不一定存在著。

打開皮夾，裡頭只有一張百元鈔，可以買兩份雞排，儘管我GPT值有點高。

Candy Crush

剛到樓下要泡茶，發現母親居然坐在廚房的小矮凳上，玩著前幾天她買的平板電腦，而且玩的是 candy crush 。在昏暗的燈光下，烘碗機的聲響無法蓋過她滑動面板解除連鎖的獎勵聲。

我覺得相當落寞。

當我以前在玩 PS3 時，她偶爾會問：「那個女生為什麼包包拍了一下會突然變大，然後可以從裡面拿出東西？」

「因為她是鍊金術士嘛。」當時我這樣漫不經心地回答。

「為什麼這個女生的衣服輕飄飄的，裙襬像羽毛？」

「因為這是鍊金術士的傳統。」

但是三年之後，她已經不問我相關問題了。我覺得相當哀傷。去你的混帳 candy crush，把我媽媽還回來啊。

官僚

「再抱緊我一點。」「好。」

「記得買點心回來。」「好。」

「明天請假陪人家去玩。」「好。」

「我家人想見你一面。」「好。」

「我覺得你朋友好帥喔，介紹給我好嗎？」「好。」

「對不起，我跟你朋友上過床了。」「好。」

「我跟他分手了，你原諒我好不好？」「好。」

「你跟我結婚好嗎？我懷孕了。」「好。」

「我愛你。」「喔。」

「再抱緊我一點。」「喔。」

「……。」「你可以再多說一點。下班時間還沒到。」

陌生

「我們就到今天為止！」少女賞了男孩一個火辣的巴掌，掉頭就走。

「可以讓我問一個問題嗎？」撫著臉頰的少年，勉強吐出一句蒼白的話。

「事到如今你還想說什麼？」女孩儘管極度不願，還是轉過身來。

「有點難以啟齒。」少年吞吞吐吐，手心不斷冒汗。

「小姐您哪位？」

多崎作與沒有顏色的人生

讀畢《沒有顏色的多崎作與他的巡禮之年》，當下的反應就是：村上春樹又創造了一個被動的主角。

多崎作在莫名其妙的狀況下被團體割捨，陷入一個自我否決的境地，他只是一味的質詢自己，思考著自己存在的價值。而忘了做一個主動的選擇：去直接找朋友們談。

而這個作為居然是身為他女友（？）的沙羅提醒他，並幫他找尋資料，他才有勇氣踏上旅程，但諷刺的是，曾經也是影響他深遠的灰田，曾在他夢境中扮演承接他慾望的重要角色，他卻沒有主動去找尋，只有在某次游泳看到他人游泳的方式，才想到這位朋友。

到了最後，多崎作一一重逢了十六年前的朋友，也慢慢解開了心中的謎團，主動打電話詢問，並挑明沙羅與中年男子的關係，這是他唯一主動之處，但接著又是等待，等待沙羅思考的三天，而我們無從得知，沙羅會做什麼選擇。

得到的訊息只有，如果這次多崎作沒有得到沙羅，他可能真的會死。

讀完，我心中不免嘀咕：那就繼續思考著死吧。

村上春樹筆下的主角，都期待著命運降臨，心中有無限期盼，卻沒有勇氣主動突破困境，一定要他人指點「接下來你該怎麼樣喔」，然後循著指標，去做「啊原來是這麼簡單我自己就會的事」。

在這樣矛盾的心情作祟下，多崎作會繼續生存下去，活在一個很弔詭的環境。

「活在沒有未來的當下，並創造沒有現在的未來。」

吊環

也許是吊環拉住我的手。坐在仍殘有餘溫的椅墊，我回想起數分鐘前的我。對時間抱持著莫名恐懼，沒隔幾秒就會低頭瞧瞧手機螢幕上顯示的時間，在教育實習時曾因這個毛病被提醒。

故意不戴錶，讓左手腕裸露在空氣中，像其他部份受同等待遇，但，為何仍不時盯著錶帶痕跡早已消失的地方呢？印象中，在這一站總會有個年輕女子下車，她一臉惺忪彷彿被時間放逐，而我慶幸只認識她黑絲襪包裹的細長雙腿，像一對精緻的筷子夾著平凡男人投去的目光。

而時間到底是溫熱的。還沒到站，窗外的風聲讓我哆嗦，連一本書都拿不穩，更別說是一段需要打洞穿線並編冊的記憶。

我不戴錶已經一年了。車門飄然地開啟吐出我這根魚刺，輕輕一拗就會折斷，像你挽回不了半滴露水的眉梢，美得無能為力。

能夠走進迷宮

能夠走進迷宮，是件很不容易的事。首先，你需要有著可能迷路的勇氣，或是面對可能出現米諾陶諾斯這類怪物的窘境，當然，在現實中，我們可能遇到的是會讓人焦頭爛額的一堆帳單。

有些道路，我們定義為單行道或雙向道，但其實它們只是有方向性，是開放的，和迷宮不同，迷宮像是以雙手環擁的空間，裡頭可以很簡單，也可以很複雜，重點就是要你享受無涯的苦惱。一個稱職的迷宮，並不是讓你走不出去，而是讓你在找到出口之後，舒了一口氣，神清氣爽，然後自願走入下一個迷宮。

求學、求職、婚姻、傳承，都是不錯的迷宮。

只是我想體會死胡同被討厭的那份哀傷。我時常面對一堵牆，良久，看著磚頭間接壤的灰色小徑，以手指去撫摸它的粗糙。如果下起雨來，會有水珠走過這條路嗎？倚靠著這樣的牆，或許找不到出口也沒關係。

葬在死巷盡頭，聽起來挺懦弱的。也可以告訴下一個造訪的人：此處不宜久留。

當網路興盛時

當網路興盛時，現實與虛幻的分野，其實並不真切。網路可能是個媒介，用以包裝無法在現實呈現的自我，但那是很自欺的謊言，不僅對他人或自我。

一個人在現實中是怎麼樣，他在網路就是怎麼一回事。什麼掩飾或假裝，都逃不了必須面對真我的過程。網路可能存在的匿名功能，只是畫蛇添足的徒勞行為，再怎麼藏，也無法欺瞞早已存在的本質。

到處都有地洞，但不一定每個洞都有地鼠，也不是每一隻地鼠都敢承認自己曾挖過洞。

戀愛有時可能是種負面行銷

戀愛有時可能是種負面行銷，當你不認為它是種行銷時，更為可怕。就像沾到指頭上的鮮奶油，你對它產生的欲望，可能遠遠凌駕蛋糕對你的吸引力。但遺憾的是，不一定每個人都愛吃甜食，而甜食未必每樣都能夠順利下嚥。

只不過這樣美好的事物，一擺進櫥窗之後，什麼都合理化了。在戀愛中，只有幻想和夢囈是真實的，而現實是抹殺幻想存在的創傷。你不妨對著窗戶說「它是一個讓夜滲入的謎」，也能朝著眼前的人直白「你的墨色可以再深一點」。

也可以像是偽裝成膠帶的立可帶，在侵入你內心時，用力剝開自己的表皮，溶入你的血管，緩緩地流動，直到被沖淡，然後默默消失。戀愛就是這樣的胡鬧，可以是標價卡上的數字，但實際上你信仰的是簽字筆亂塗的痕跡。

你問我什麼是戀愛？總是不停搖擺的體重計上的針啊！

其實你是想問我有沒有中二的時候吧！

iii

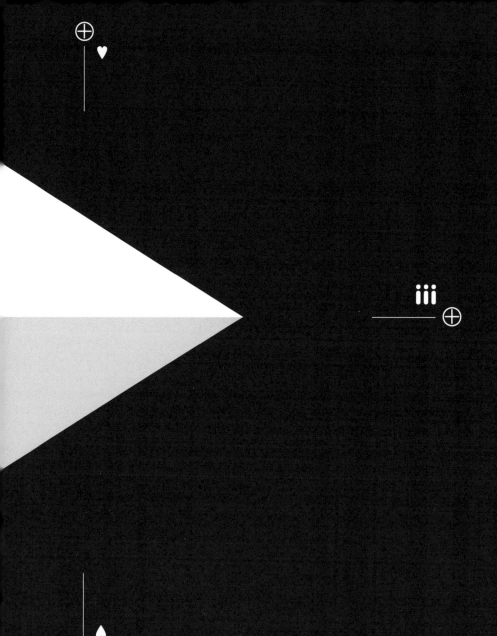

⑥ 爲什麼在廁所裡有樓梯

為什麼在廁所裡有樓梯

為什麼在廁所裡有樓梯？這是件充滿詩意的事。想想，你正要對小便斗傾訴思慕時，有個人從二樓爬了下來。

「先生，不好意思，有人正在追殺我。」然後你被迫與這名冒失鬼一同逃難，或捲入一個恐怖的陰謀。也許在往後的日子，你會憶起這段有趣的回憶，耳際可能想起冒著硝煙的槍聲，手腕隱隱約約浮現被人緊緊握住的痕跡，再不然就是房間一角躺著事成之後的報酬—那數字無法計量。

你可能不會想到，原來只是小解這樣稀鬆平常的生理釋放，可以成為一個波瀾壯闊的故事起始，當你拉下什麼的時候，不管那是自尊還是不透明的帷幄，背後可能有著喧囂的情節，正等著鑽入你的空隙，緊扼著你的關鍵。

這是多麼浪漫的事。即使你還沒洗手，就被人拖出了廁所。

偉哉內褲

好奇心會殺死貓，而過分的好奇心來自於難掩的欲望。對於未知，人們都抱持著憧憬，害怕聽鬼故事卻也喜歡在深夜看恐怖片的人亦大有所在。擁懷著好奇心是天真純樸的象徵，那麼，我們可以聯想到內褲這樣東西。

人需要衣物蔽體，是因為有羞恥心的關係。至於更加隱密的私處，當然會更謹慎地對待，可是，既然如此，為何不弄得樸素簡單，而有各式各樣，令人眼花撩亂的款式和顏色，企圖挑逗人類深層的欲望呢？理由很簡單，人們還是有某種程度的暴露狂，既不想讓無關的人看到私密的內褲，卻又把內褲弄得鮮豔無比？

為什麼？就是要讓在意的人盡情地看啊！

「別人看都不可以，只有你才行喔。」當她向你丟出這樣的訊息時，請不要猶豫，用力翻起她的裙子，對著她純潔的內褲仔細端詳，然後露出滿意的表情並稱讚：「今天的花色還不錯呢！」是吧。只是一條小小的貼身衣物，就能將人的羈絆緊緊連繫著。

偉哉。內褲。

爬樹

因為膽小的緣故，我不爬樹，就算是爬階梯，到了一個高度，回頭看仍會雙腳發抖，不像個男生。

去動物園玩，總是遠遠看著那些猛獸，拿起半折的樹枝憑空揮舞，裝模作樣讓旁人發笑，那時我不到四歲，分不清「入」與「人」有何差異。

二十多年後的今日，耳畔傳來感應悠遊卡的嗶嗶聲，我正通過閘門往地下走去，踏入車廂時不會感到害怕：即使周遭都是陌生人。

我不爬樹，但我吊單槓。在心裡描繪幾百次翻越閘門卻被絆倒的笨拙模樣，我其實是想爬高一點的。

畢竟再怎麼膽小，對「高度」仍是有些許憧憬，小時的我不懂幾個國字，卻最喜歡長頸鹿：大了之後，明白走出人群叫做「入」、把腳擱在另一條腿上叫做「人」，但再也沒有去動物園的勇氣。

我彷彿聽見捷運站志工的斥責聲，因為膽小的緣故，我讓青春一一插隊，將我擠出車廂。

火星人

之前在教書的時候，常常被家長斥責：「你自己身為老師，為何衣服會穿反？」那時猶不知問題甚大，依然我行我素，過著不修邊幅的生活。後來才明白，即使是襪子一長一短，在某些人眼中就是種罪惡，更別多是衣服穿反。

時至今日，我仍然穿著邋里邋遢，除非是某些正式場合，才會稍稍抹些髮油，穿上襯衫和西裝褲，但腦中還是浮沉著反抗思想：又不是赤身裸體。但有些人需要你看起來像人，這已經成了一種潛規則：服飾的品味代表你的社會地位，再延伸下去則是能鑑定你品味的，自然品味也不差。

或許吧。穿著得體，會給人擁有專業的印象。我不否認，畢竟讓人賞心悅目，是在群眾生活中的一項「義務」，而這義務的規定從何而起，我不想去深究。

我想回火星去，在哪兒的居民開懷地伸長自己的觸手，安撫彼此柔軟的臉頰。而我待在地球上，很多時候一打開電視就是在介紹衣服。而這些模特兒常常會把我逼瘋。

食指上卡著一片CD

食指上卡著一片CD，CD的背面以特殊材質塗得漆亮，有點像焦透的甜甜圈。幾分鐘前，剛把它放進我從網拍買回的PS主機，讀取到一半卻告訴我「本體經過改造必須強制中止運作」，看到那彷彿嘲諷般的禁止圖案呈現在五十吋的液晶螢幕上，相對的，原本該予人衝擊性的視覺刺激，頓時轉化為相當愚蠢的象徵。我就好比一個不太會騎腳踏車的、沒有自信、內心忐忑的孩子，不時回頭看後頭協助的人手是否還扶著坐墊，「明知道非常可笑卻笑不出來」，我轉著手指上的光碟片，一邊將插有芒果切片的叉子送入嘴中。

好酸。

我將光碟片放入盒子，不停摳弄指甲內的髒汙，如同極欲一逞荒淫的帝王急著趕跑那些自以為忠心耿耿老是秉言直諫的、被時代廢棄的舊官僚。的確，我手頭的PS應當要廢棄的，卻怎麼樣也狠不下心。但無法使用的，類似壞掉的冷氣遙控器，上頭的按鈕或數字鍵只是讓你的視覺感受到優越感的擺設，實際上沒有任何意義。

我打開網頁，前往露天拍賣，找尋下一個能填補內心空虛的商品。霎時，我能體會奴隸市場上參與競標的人的心情：商品本身可能不是重點，重點在於你能夠用一個「比較」的模式，去獲得你可能需要但不一定用得上的東西。我在關鍵字搜尋欄打上「說好不放開卻偷偷放手的人」，期待跳出什麼答案。

「沒有該相關商品」。這是理所當然的吧。印象中，我學騎腳踏車時，是沒有人協助的，不是因為技巧很好，而是我不希望頻頻回頭。

我可以在妳身體裡使用 USB 嗎？

我可以在妳身體裡使用 USB 嗎？

「抱歉，你的頻寬不足。」

陀螺

應該是有點冷的，關於這陣子溫差頗大的天候，總拿它沒有辦法。發覺身上毛衣露出了一小撮線頭，抱著好奇心拉呀拉，越拉越長，越扯越細，漸漸地，腳邊堆了一圈又一圈深藍的線。覺得寒冷，並不是因為毛衣越來越短，而是自己不再被一種概念束綁，覺得有些寂涼。

像個陀螺也沒什麼不好，被纏繞許多圈，然後使勁被拋出，踮著腳尖不停旋轉，眼花撩亂，每一秒接觸的剎那不停置換著，而這循環卻雷同得很。重點是拉住另一端繩子的人，他只要纏得不好，就沒辦法轉圈，和旋轉木馬不同的是，陀螺並沒有命運會騎在上頭。

惱人的天氣讓出遊不免費煞心思。我換上另一件大衣，刻意不關緊口袋。而踮起腳尖，只是為了拿一頂帽子，當然，有的人會反轉它，用來盛一瓢陽光即使並沒那樣飢渴。但天氣對人們始終並不友善。

蘇家立很愛說教

很愛說教是一種病
無藥可醫
像螞蟻喜歡甜食
登徒子從不讓手閒著

我的嘴很不乾淨
雖然每天刷牙
第一句是你應該
第二句是你不能
再來呢沒人想聽

為了避免開口我寫詩
停止看政論節目的那天

我胃痛
看著副教授的照片
我覺得好過一些

我很愛說教勝過每天手淫
陰莖受到刺激會脹大
有時一個人的良知像劣質氣球
光是打氣不一定夠

為了避免說教我寫詩
寫完之後我繼續說教
對著不到 15cm 的老二
登高而掃墓

癡漢日記

她走進月台了。

等這班火車駛離後，要憑著印象收集她留下的腳印，擰成一顆顆水滴，放入身邊的琉璃瓶裡，在下次滿月時灌滿月光，然後輕輕倒出，讓銀色的水泊凍為一片大陸。

在那裡，我可以更遙遠地看著她，進站又出站。

看到橡皮被用力擦拭時

看到橡皮被用力擦拭時，總會有點不捨。為了讓它大部分保持純白的模樣，我使用時會將它切成很多小塊，雖然使用上較為困難，但卻可以保有剩餘大部分的純淨，然後再貪婪地，一點一滴地，將這塊橡皮慢慢地由白色變成沒有……

這就是一種凌遲，對吧？一如鉛筆總是要使用到無法用鑷子拿起來寫，才肯放棄。

三島性命出售

三島的《性命出售》，描寫一位生活堪稱優渥，才能亦突出的青年，因細故對生命感到厭倦，自殺未遂後，突發奇想，藉著「販售生命」想追逐刺激，引來軒然大波。的確，亦有狂熱者與之沆瀣一氣，有受雇黑道大哥的老翁為情事需買命、亦有性癖異常之女子向他求歡，但最終他均未能遂願。

在最終，他察覺到自己只是自欺欺人，替「求死」找諸多理由，以「非自願的死」不算兜售性命替自我開脱，突顯他性格上的矛盾及懦弱。小說末尾，的確有組織要他的命，而他縱然暫時躲過一劫，面對茫然星空，感覺到一己如此孤寂，卻也無能為力。

三島用詼諧的敍述風格，輕鬆讓人明白生命不過如此莞爾，但對與螻蟻無異的我們而言，卻如崖壁懸枝，儘管明知必然墜落，依舊想緊緊抓住。

年齡像是看不見的刺青

慾望如織，卻往往難以穿過。不用細數也能知曉，再過沒多久便長了一歲。許多年來，這個數字的往前推移，究竟起了什麼作用？每年，我不是信誓旦旦要努力，立下許多乍看精實，明眼人一看便訕笑不已的愚蠢目標。譬如減重十公斤、用心準備研究所等……然後腦海漂浮了不少皺巴巴的筆記，上頭密密麻麻塗鴉過的筆跡。

想做的事情很多，但總是不能持久。腰也因此出了問題。

很像隨地撿到的貝殼或石頭，可能因為顏色瑰麗或形狀特殊，在短時間內視如珍奇，好好收藏在懷中並貼身攜帶，直到喜新厭舊的心情，在這些物品的表面鏤上看不見的咒語，而後從此對它們不聞不問。

年齡，不過就是這樣的備忘，也許是郵票背後未塗膠水的邊隅，也許是私藏許久忘了拿出來吃的零食，更有可能是穿梭過人群時，他們若無其事掃視過你的，漫不在乎的眼光。

想做的事越來越多，但執行力越來越差。盯著自己以往的筆記本一邊搖頭一邊苦笑，在這一剎那，我不願提醒自己早已忘了如何拿筆。電視裡播放著年輕人為自由和權益吶喊的身形，歲月在他們靈魂上刺下的花紋，應該是豐潤且柔滑的吧。
繼腰出了問題之後，大概明年就是心了。

衝撞夕陽往往撞擊出比光更美的事物

難得出門時遇上了濃霧。如雪般潔皓的霧網，攫摟著陽光這條金色之魚，不讓其靈活游脫，穿梭於一輛接著一輛前往上班途中的車子。父母曾對我提及，工作的地方有點距離，何不存錢買車？淡淡的婉拒，不加辯解地躍上機車，這些忠告相當有用。車子是一個很便捷的交通工具，擁有多樣化功能，更是個彰顯個人身分的象徵，但我總是不感興趣。

因為我只要握起方向盤，內心就湧生想以極速撞飛每一個人的念頭，無分男女老少，更無法遏抑這份高亢的情緒。坐在車子哩，會讓人感覺到安心，被鐵所包裹著，不自覺也一併武裝了脆弱的精神，而後進行毫無理由的破壞。最早引發我這想法的，是王澤《老夫子》裡的一則名為「虐待狂」短篇：主角駕著跑車在公路上接連撞倒幾個人，這些人毫髮無傷，只因全是假人！而主角在撞飛這些假人之後，反覆地將假人立好，再撞飛。這樣的故事使我陷入一個茫然的歡愉。

我不想撞飛假人藉以表達對世俗的不滿。倘若我坐上正駕駛座，我會輾碎能看見的所有物事，在握上方向盤的瞬間，我並不是作為一個人活著，而是成為車子的一部分，只為了速度和衝刺而活。

是故，這是我絕對無法開車的理由。常常在腦海勾勒一個畫面：在燦爛的火紅之夕撫摸下，我開著無名的破車，擋風玻璃上滿是紅櫻的花瓣，車輪底是一根根肉色的樹枝，有粗有細，偶爾還穿插著雪白的刺。

在機車上望著疾速拋下我的一輛輛車子，上揚的嘴角，似乎也隨著濃霧沒入嘈雜的喇叭聲中……。

關於那些糟蹋的詞彙和現實

躲在語言的繭中，用另一種迷離的語氣催眠自我，企圖勾勒出迎合思維但與現實牴觸的線條，再用自己的行動把它加粗。語言，不是被糟蹋就是用來糟蹋已發生的現實或預言尚未成形的未來。它們是很輕鬆能產生的消耗品，卻在聽者接受訊息時，釋放出巨大能量，或許只是影響人的心情，更嚴重時便是毀壞人際結構。

保持最低程度的沉默，是不被語言的後座力擊傷的消極態度，我寧可被繞徑而行，也不願直接穿過留有蝴蝶殘翅的蛛網，對於那些隨意使用言語的人，我面無表情瞅視著他們，拒絕被過於主觀的言語染色。

當然，說出的每句話都有其難以撼動的立場，去執著一個人說了什麼並企圖查明真偽似乎不近人情，但總比什麼過份膨脹個人意識的詞彙好太多。

言語，不應只是為了催眠自我而被使用，更不該去護航早已失了色調的心渠，每次看到很多人假藉堂皇的言語肆虐自己的深慾，我覺得被糟蹋的不只是言語。

我的身邊充斥著會說話的啞巴，大多時候，我讓自己被他們誤認為聾子。

iii

⑦ 夢是表面

夢是表面

夢是表面，也是深層。表面像是下課鐘響前來不及塗改的考卷，可能連名字都忘了寫便草草交出，發回時不清楚是誰的作答；深層則像你面對一片看不到的影像的鏡子，你必須在光滑的鏡面種下指紋，銀色的土壤會慢慢將你拉進透明的另一端，讓你在另一個世界發芽。

我每天都在作夢，在現實中作夢，在夢裡假設現實並不存在。有時出門，總以為馬路上奔馳的車子像火柴盒，行走的路人們是來自叢林的獸，而我自己是下肢如針的平衡娃娃，用跳躍的方式檢驗柏油路的平坦，扎下一個又一個細緻的洞。即使有風拂過，我還是想凝望著前方的十字路口。

我要到那裡作答，用尖銳的步伐，在斑馬線上把白鍵塗黑，把黑鍵塗得像明天。

十年前的牛仔褲

也許一件十年前買的，膝蓋和褲管早已褪色的牛仔褲，即能以淺顯易懂的方式告訴你：時間正經過並毫無保留地提煉你的剩餘價值。是的，當你憋住氣息，忍耐將褲子套上腰際的同時，世界正以你無法否認，那帶有一絲無奈的態度旁觀著你的無助。變胖或變老充其量只是某些必然的變遷，實際上蕩逸而去的，是穿上牛仔褲瞬間的代入感。

一如擁有奇遇的那名書生，舊地重遊再也尋覓不著他理想中的人面桃花，只是寫首詩憑弔，讓這份愴傷無條件地依託於時間裡。

重複著被時間所玩弄，這並不是牛仔褲太緊能繁衍的，輕飄飄的那種憂慮，而是真的有什麼被改變了，只是當事人選擇迎面抵抗，為了不讓一個搖搖欲墜的價值喪失存在意義。

穿上一件舊牛仔褲，等於是折磨著現在的自我，並歌詠著可能為敵的過往，情感到此糾纏如麻，不是三言兩語能剪裁的大哉問，而脫掉改穿另一條或許是折衷之道，卻意味著你從時間這條筆直前馳的軌道上跌落，悄然無聲。

我想穿上那條牛仔褲，只是因為骨氣，而這種情感的價標早被拔除。

窗外

窗外，嘹亮的鳥鳴挾著作業細雨的殘骸，紮紮實實地穿透明淨的窗面，滲入正在電腦前敲打著陌生字句的我。話說，唯有在天方露白，四周似暗非暗的況境下，最顯孤寂，那是一種對精神的凌遲：大多數的人仍在睡夢中，即使城市早已醒了（或許從未沉眠），卻找不到任何人能與之對話。

昨晚，向一個同學披露了，我為什麼那樣「無賴」與「混帳」的緣故。不得不放縱言行的理由其實只有一個，那就是心的深層，空蕩蕩的，有很多東西早已崩毀，整個人如同底部有漏洞的容器，即使頻頻倒入液體，也是邊走便漏，弄得行經之處，一片狼狽、濕漉。

像一把找不到門可開的鑰匙，雖和其他鑰匙圈在一塊，卻只能懷著複雜的情緒，看著它們打開不同的門。

慵懶地躺在沙發椅上，兩天沒刮鬍子，一臉倦容。提醒那位同學，「不要像我這樣」，或許這劑預防針打得不是挺好，但至少，我衷心希望著。被挖出一切的熊布偶，你能塞回那沾了水變得沉甸的棉花嗎？但一定得塞回什麼。而我塞回千瘡百孔的心底的，是無垠的、綿延到旋律另一端的荒誕與輕浮。

接著我要成為最後一張骨牌，擋住某些正在失落的事物，替哪些誰或哪些物都好，總之就是別再為了自己。從多久年前起，自己就是那樣朦朧的碎葉呢。

收拾乾淨

電話旁那張揉皺的便條紙，寫著無法辨識的零亂筆跡，彷彿下雨後的毛玻璃，無論有無下雨，完全看不懂上頭寫著什麼，卻也不捨得丟進廢紙簍。廢紙簍中，不是塾過便當油膩膩的影印紙，就是塗改過後的契約書，儘管紙質柔順像嬰兒滑嫩的肌膚，也不想仔細瞧它們幾眼。

有些東西需要塞滿，而有些角落積點灰塵，或讓老鼠有滿足囓物癖的欲望，或蟑螂在家具、杯碗上殘留令人厭惡卻也朦朧的悖德感，不管怎麼想都使我異常興奮——所以在電話按鍵抹著一層薄薄的香草——倘若食指的指漩如此渴求著。

譬如人們會掛掃晴娘祈禱燦爛的晴日，卻從未深思脖子被繩索緊緊纏繞的它們，依然露出單調的笑靨，垂著頭凝望煙雨悽悽的遠方。在撫摸妳沒有血色的嘴唇之前，我還要再去檢查，房間裡的棉被有沒有折好，書桌上的橡皮屑有沒有清乾淨，襯衫領口的髒汙能不能被洗掉。

但是在深夜時響起的手機，多半是不能接的。偶爾，也要讓耳朵裡的小錫兵停止演習，不管射擊技術再怎樣高明，在該歪曲的軌道飛行，就只能坦率地接納四處碰壁的結果。噪音，無論是溫柔的呢喃或盈滿憤懣的怒號，失去時效性的事物，聽起來都是那樣累贅，對吧？

有些東西需要塞滿，也許是鱷魚真皮的皮夾，或是由眼眶拔出的，像紅寶石絢爛的眼珠，而有的不需要填滿，只記錄著一通電話的手札，怎麼切割都放不盡沒有縫隙的胸膛。

中提琴般的驟雨還在窗外奏鳴著，我想，該是認真打掃家裡的時候了。穿上繡工有點差的圍裙，將客廳滿地的紙屑倒進空蕩蕩的垃圾桶，再回到水槽把臉頰的傷痕連同半滿的咖啡杯，以熱水用力刷乾淨吧。而從不使用洗潔劑是最後還值得自豪的唯一原則。

該去把家用電話的號碼換掉了。而那根新弦彈起來雜音很多，畢竟剛從眼白拉出，一定還暫存著某個人的聲音、影像，是無傷大雅的副作用。握著提琴的手不停顫抖著，想要撕下明天才能撕的日曆，儘管會多一張廢紙，我還是讓它伸出了。

放晴是雨天的便利貼，沒有顯著的晴朗或蔚藍，只有零碎的光亮，讓凌亂的雲群四處擴散潔白的汙漬，明明不怎麼衛生，聞起來卻青春洋溢，像一個打開過期罐頭仍沾沾自喜的開罐器，擁有八分的銳利。

母親的叮嚀

母親時常叮嚀：「盡量別喝隔夜茶，傷身。」對此，總是一笑置之，照樣一口飲盡，其實心底自個兒清楚得很。就像明明油炸食物不好，卻花上大把銀子，守候在熱油鍋前，等待熱騰騰的鹹酥雞浮出油池，經由店家油膩膩的雙手遞來……瑣碎的事物一件又一件，累積變成了日常，而日常就是在百無聊賴中揮霍而去。

打開新聞，映入眼簾就是吵鬧；在車站裡，身邊年輕人不是幹就是肏，要不就是大嬸濃郁的香水味肆虐撲來；別人覺得我很宅，因為我背著夏娜書包，而我覺得他們很吵……。

我們是彼此的隔夜茶。正因如此，我必須喝下。我有我的庸俗，並自甘於斯，看茶葉在熱水裡伸展自己緊縮的慾望，我便沒有興致去迎合它「想被喝下」的功能性，所以放置PLAY，等到隔天再喝，正如同政府冷處理學運一般。

大抵人想的都相差不遠：約好十點見面，有三成的人十點出門，兩成的人十點半出門。而我不想見面就不約，於是在陽台下看到了不該看的東西。

清明前夕，出門要不穿雨衣，要不淋溼，連假不過就是件漂亮套裝，看的人大多有更漂亮的，收著沒穿。

我在成為我之前

前幾天，在咖啡廳遇見故人。她對我說：「你感覺起來和之前不太一樣。」這個感想，讓我心生迷惑，因為我的本質如故，可能因為呈現的方式和以往不同，容易讓人對於「我」這個個體有著不同的感受。而他人認知的我，和我本身又有什麼差異，又或許，綜合這些要素的「我」，才是一個完整的個體？

沙特說過：「存在先於本質。」那麼，在一個人的嬰孩時期，認知並非充分發展，那時候的「我」，有意識到我自己是我本身嗎？還是長大之後，藉由旁人口述或資料佐證，我才了解那時候的我是什麼樣子？在卡夫卡《變形記》中，格里高爾發現自己變為甲蟲，卻仍保有意識，而他的雙親及妹妹也意識到這點。格里高爾究竟是以一個寄宿著人類靈魂的甲蟲的身分活著？還是甲蟲的本能佔大部分，人類的意識正慢慢消失？當他發覺家人漸漸對他冷漠，意即對他身為人的認同慢慢減少，產生他是否應該存在的疑問，就在這樣的多重壓力下，某一日他陳屍在自己房裡，而家人鬆了口氣。展開了新的人生。

儘管這只是個荒謬的故事，照理說，當格里高爾變成甲蟲的時候，他應該同時喪失所有身為人意識的種種，而不可能殘留人類的記憶和情感。而弔詭的在於，吾輩究竟是為了他人的認同而感受到存在的必要性，還是靠著一己對於自我的肯定而存續著生命？我目前找不到答案，姑且過著表面無欲無求實際上卻是毫無目標的生活，渾渾噩噩。

舉一個較為極端的例子。在嚴寒的峻嶺發生山難的一對愛侶，其中一名死去，而剩下的該怎麼生存？通常是，活下來的人，吃掉了死去的人的遺體。在那一瞬間，死者成了一堆「物品」、「資源」，不再是原本被認知的存在。當然，人們會極其所能合理化這個行為：死者將以抽象的概念活在他人心中。但這樣的思維是無法被觀測的，也許可能藉由情感或可供辨識的遺物作為回溯，但在當事人吃下死者時，已經在心理苟同了，那就僅是堆肉塊的想法。

他人即是地獄。人都有其選擇的自由。我成為我並不是因為我想如此，而是受過後天教育及環境影響，才變成現在這副模樣。我亦可以依循本能，行姦淫燒殺之事，為了滿足慾望而生，而那可能就不是我。但遺憾的是，我搞不懂我的存在，卻明白自己的本質。當別人在描述我時，我心底便會一陣嘀咕，「那真的是我嗎」，同理，當我充分表達我認為的自我時，他人應當也會湧生相似想法，而這些重要嗎？我走過鏡子時，映照出的是我的輪廓；與他人對談時，由他人的語氣與表情約略看見我的內心；仰望一望無際的翠寂時，我期盼的是濛濛細雨。低頭翻閱飄逸著淡淡幽香的書本時，我的指尖卻沉默在某個字身旁。

我該出去倒垃圾了，黑色垃圾袋的影子，在正午是看不見的。

每當我踏進捷運車廂

每當我踏進捷運車廂，就覺得好像進入了一堆等待被擠出的綠豆群，彼此保持一定距離，卻又期待碰撞，然後走出車廂時，發現自己的臀部發了芽，而不是長出尾巴。

所以我應該是植物而不是動物。

蘇家立並不會寫詩

如果我不在這
那可能是在台中
教學生寫不會得獎的文章
或隨機在哪個街道
用粗鄙的話搭訕
「小姐您能否打賞兩顆黑貓包」

關於寫詩這檔子事
跟基因也許有關
但我沒辦法塞回母親的子宮
也不能對國小老師咆哮
「怎麼沒好好教我怎麼寫詩」
儘管腦袋裡全是拔出和插入

一把萬用鑰弄久了也會生鏽
我並不會寫詩
尤其是得獎的詩
或給某人的情詩等
更不會寫那些辭藻華麗
要游遍辭海才可能冒出的
下酒或胡言亂語前可搭配的
小魚乾般的抒情大作

我寫詩只不過是想
發洩、踢掉偽善和拆下面具
如果追求藝術必須讓一個人虛假
那麼我寧願躲在家當個宅男
打打電玩、看看小說或
隨手塗鴉別人說是詩的

渣滓，聞起來很像 7-11 的麻辣關東煮
我不知道詩願不願意被我寫
即使它知道我都在胡搞
正因為它可能不知道
所以我寫詩
像一個熱愛水槍的小男孩
對著穿名貴衣服的上流階級
發射再發射

用現實飼養夢這隻野獸

用現實飼養夢這隻野獸，再用夢想當作鐵籠，囚禁它，避免它對著現實張牙舞爪。而一旦夢想實現，就必須撤掉籠子，讓夢這隻野獸四處肆虐，咬傷他人但從不致命，只留下一種病毒。

這病毒的作用是：追逐夢想。

於是，我們重複著自囚與囚人，直到人們不再作夢，或是現實與夢境無異。

滄海桑田

60吋電視正播著倉木瞳下方的眼睛
一不小心畫面換了
我噴出的精液打落某位得道高僧的金牙
那時，他講授著華嚴經

回頭，那個惡作劇的小娃兒
光溜溜的頭頂不停冒出頭髮
慢慢淹沒了一切
木魚說話的聲音和呻吟
聽起來都一樣

習慣每過一日就在日期上劃叉

習慣每過一日就在日期上劃叉，一天又一天地劃，直到一個月份結束。剛開始，月曆表面很乾淨，只有幾個叉，漸漸的，隨著日子一天天消逝，雪白的場所越來越少，取而代之的是一個個沉默且灰黑的大叉。直到眼前呈現一面不協調的密網，而一個月就這樣離去了。

新的一個月來臨，一樣會出現相同的記號，即使它們彼此間的關係是前與後，即使走過的日子都不再像沒走過前乾淨，即使，回收箱的上一個月份，有一半是美麗的風景照片。

眼前積著一層薄灰的鍵盤

眼前積著一層薄灰的鍵盤，我讓八根手指著陸在不同的島嶼，被吸吮著不被需要的指紋，在那螺旋的迷宮中，並沒有令人欣喜的出口。凝視著搜尋網站，任由條型游標不停閃爍，良久，竟頓生一股快慰，我發現「空白」彷彿懸吊的掛鐘，在你尚未察覺之時，以微小的幅度擺盪著，因此，我無法從螢幕拔開注意力，如同寓言故事裡呼朋引伴去拔一根「未知深淺」的大蘿蔔一般，甘墮那一片無垠的海洋，沫化為一顆顆輕觸即逝的泡泡。

那些故事裡用來喚醒人們同情意識的棄婦，不就是最聽話的游標嗎？你可以毫無顧忌地移動它，只要你不去點選，它就無法飛躍到另一個介面，做為一個單純指令下的被動者，我卻嚮往著它的被動。

那是一種安逸。

過了許多年，我從一個無法分辨遊戲代幣的投幣口，逐漸能夠分辨零錢與代幣的差異，什麼時候該嘔吐，什麼時候該硬著頭皮嚥下去，那早已不是問題。之前，在馬路上偶遇國小同學，他說他一眼就「認出」我，而我只能摸著鼻子假裝不好意思傻笑片刻，然後找個理由辯稱有事兒離開了那個讓他產生陌生親暱的場所。我很遺憾的，並非我不相信他所提供的資訊（一副鄉愁滿溢、經歷風霜的臉龐猶在面前），而是目前的我，想過一個被動的、簡單得讓人撇開頭的無聊生活。

我在搜尋欄中沉默了幾分鐘，想打那位同學的名字，卻忘了他叫什麼。也許改天會記起來吧。就像那些故事裡的「等待者」，從不知道自己的那些期望，助長了遺忘慢慢在生活圈中擴大的氣燄。

我曾等待過許多事情。而今後，我選擇我不知道。

小夜咖啡

把破曉前的黑夜當成醒腦的咖啡，只要一眨眼的份量，就可以拉起一天攸關思維的簾幕。

總是讓理智賴床是會寵壞想像力的，畢竟不曾清醒，連作夢的餘裕也沒有。

童話不是浪漫主義者的專利，而是洞悉世界真相的實務者，為了不使世界太快崩潰而精心設計的麻藥。有時有年齡限制。

而我只想用眼睛喝完眼前慢慢光亮的黎明。

瑣碎

這幾天，工作可說是瑣碎不堪，不過就是把將近六百份的個案資料一一自牛皮紙袋抽出，分類掃描、建檔。途中還發生家長來找我拿孩子資料，卻被校長誤會的小插曲。

聽著掃描機呑納紙張的聲音，重複著機械式動作將近七個小時的我，不停徘徊於掃描器與電腦間，一邊按鍵存檔，一邊整頓資料，在那幾秒鐘的間歇中，我覺得自己的世界正一點一滴剝離，猶如風化的岩壁，飄零的沙屑落在灰色的鞋尖上，一眨眼就蕩然無存。

像是陀螺一般，每日繞著一個枯槁的概念旋轉，力竭之後便是頹地。而束緊陀螺的絲繩，在沒有綁上任何事物前，我並沒有碰觸它的實感。毋寧相信，有一股無形之力，極度曖昧地滲入了我的思維，教我在工作時，腦內組織著支離破碎的文字，或一些雜亂荒謬的假想。

頭頂的吊扇是一朵根埋在天花板的沉默之花，它盛開時沒有花香，只有單調的風聲，拂面而去的同時，吹飛了幾張還沒掃描的資料，我不得不彎下腰撿起，順便種下一些寧靜的種子。

瘋癲老人日記

《瘋癲老人日記》給我的衝擊雖有，但卻未有《鍵》那般深刻。癡戀媳婦颯子的老人，明知媳婦貪得無厭，會使用花招讓他沉迷，譬如口出狂言：「我洗澡時不關上門。」要不就是准許公公和她一同入浴，允許老人吸吮腳趾，再以蓮蓬弄濕老人臉頰、身體……這般情色式的書寫，儘管敗德，卻讀起來相當「自然」。

老人年歲已高，容易因為小事興奮，血壓升高，因為想與媳婦調情，甚至買了高價的貓眼石，容許媳婦與情夫勾搭，並有意無意地窺探，在此書中，倫理成了裝飾，像是地攤擺出的便宜貨，而老人那每日記載的情事，似乎不太真實，卻也栩栩如生，無論是治療還是赤裸的自白，一一詳實表達一位遲暮之人對於慾望的渴求。

最瘋狂的，莫若於老人用朱墨替颯子的腳拓印，想製作佛足石，意欲百年之後，長眠於媳婦的踐踏之下，沉溺於這樣的自辱，並因之歡愉，或許常人無法理解，但對於垂垂老矣，早已遺忘自己的長才的人來說，藉著被蔑視和玩弄，才能夠激發殘餘的生存意義吧。

「因為受虐而感覺到活著」，由於疼痛而渴求能忘卻疼痛的炙痛。在這本書之後，以看護的角度去客觀描述老人的起居和治療過程，平淡無奇，卻也因如此平淡，感受到老人的自白是多麼強烈，彷彿與旁人身在異境。

你會想要踩扁滾來的番茄，看它迸裂出紅色汁液而欣喜嗎？那麼，不妨想想，潑濺在白色絹紙上的甜液，也許是它狂喜之後唯一能替自己瘋狂辯解的謊言吧。喜歡被踩是一件好事，但前提是，習於踐踏的人能明白踐踏這個行為，最不需要的是尊嚴。

縱然整間屋子只剩下自己

縱然整間屋子只剩下自己，進入廁所時仍會不由自主鎖上門。與其說是一種習慣，過於放大關於隱私的重要性，不如說是，你仍相信依然有人潛伏於四周，會冷不防打開門，露出劇本或漫畫那「對不起我不知有人在裡面」的靦腆笑容。

你鎖上門，與洗臉台、蓮蓬頭、馬桶蓋和水箱共處一室，心中能有多少憧憬？腳下踏的是頑垢難以除去的磁磚，你不停用腳趾磨擦上頭的汙漬，不知不覺，趾頭越來越黑，越來越接近瞳孔的顏色，然後你咳了一聲，期待有人會敲門大聲詢問「怎麼了」。

你只是無法接受廁所裡只能容納一人的遊戲規則。於是你望著被霧氣佔領的鏡子，用指頭揩去一層又一層水霧，慢慢的，你發覺有另一個人看著你，他長得和你一模一樣，鼻子不一定堅挺，而嘴唇下方有個明顯的黑痣，有根細毛附在上頭，像拉扯汽球的細繩一般，牽引著你無法忍耐的笑意。

你光溜溜地走向老舊的門，思考了幾秒後轉開門把，沒過幾秒又按下喇叭鎖上頭的鈕，在這幾秒中你不停徘徊於羞恥與自由抗爭的戰場中，最後敗給了那些看不見的、躲匿於你四周，被你幻想出的偷窺者的視線中。

即使你篤信房子裡除了你別無他人，在廁所的你依然膽小無助，凝視著鎖頭那金屬色的沉默，不禁誠心誠意低頭膜拜—當你光溜溜像條泥鰍並憶起那首滑稽的童謠時—你或者是我，都必須把自己反鎖在廁所裡。

因為馬桶蓋的冰冷，一次只能有一個人要去承受。

iii

⑧因爲想要被一個人凝視

因為想要被一個人凝視

因為想要被一個人凝視，所以必須弄瞎他一個眼睛。由恐懼現實壓迫，而逐漸昇華成病態的佔有，她終究還是刺下去了。

不知為何，我心底也一直有個如《春琴抄》的思慕對象，只是早就遺忘那個人是什麼，臉孔模糊似雨後的車窗，儘管如此，還是盲目地追尋不存在的幻影。

說是人生唯一的生存目標似乎太沉重，也許，說是沒有這幻影支撐，我只是枚隨地可見的一元硬幣。

下去吧。該挖出的眼珠，一顆就夠了。而看著自己的眼珠被慢慢拔出世界，則是剩下那個的義務。

熟悉的臥室裡

熟悉的臥室裡，飄盪著熟悉的氣氛。牆邊的陰影不知何時移動了位置，往垂著靦腆的窗簾靠攏。我，是臥房裡最多餘的生者，仰望乾淨潔白的天花板，腳底板顫抖不已：並非寒冷的緣故。

我像是被惡意壓著的樓梯間電燈開關，不上也不下，以一個詭異的姿態停在那，但電燈始終沒亮。

窗外的月亮是還沒開啟的罐頭表面，銀閃閃的，可能會割傷手，流出少女在閉上眼之後，不再信仰的金絲雀歌聲。

回憶起某些人

老實說，回想起某些曾在生命中留過痕跡的人，很像看老掉牙的A片，大部分時間都在快轉，略掉無聊的寒暄、近況說明等，直接進入床戲或自慰的情節。「讓回憶成為一種宣洩」，那些人其實不會再影響你，卻一直成為你生命中不可或缺的背景，你不需要他們，只需要他們代表的意義。

所以A片裡頭的角色是誰根本不重要，婀娜多姿的女體只是個迎合現實的象徵，而猛烈進行性交的男演員，是你拿來苛責自己「必須這樣」的矛盾點。選擇快轉，是因為想直接抵達遠方，最好停格在雙方都呻吟的橋段，那樣最符合現實社會。

有時候吶喊只是因為喉嚨裡的空氣需要自由。

回想起某些人，讓我想起每天為了打槍而不得不看的A片，而遺憾的是，為了保持某些偽善的完整，有些A片會打上馬賽克，而回憶這東西卻是毫無接縫或起霧的拼圖，不禁令人痛恨起回憶這種東西，更憎恨起自己的記憶，比遙控器快轉鍵上的指紋，擁有不輸千年老樹的年輪。

我不再寫日記

隨著年齡增長，慢慢失去了不在日記裡記錄與誰去哪裡，感覺如何之類的瑣碎情感。大學時，常常會漫不經心，塗鴉著「今天騎腳踏車去和美」或「我用蘋果制裁了小黑的下體」等不登大雅的胡言亂語，如今本應更有趣的，卻宛如嚼蠟，什麼也不想寫。

雖然，偶爾會翻翻五、六年前的日記，回溯L在捷運上睡著的臉蛋，或是和L去科博館參觀的往事，但當時的羞赧已化為灰燼，至今看了只覺得「喔，原來我當時這樣沒有理智地單戀一個人啊」。

最近幾年，我已不再勤奮書寫日記，不論是與誰相逢、離別，他的名字不會出現在日記本中，於是我的日記成了深閨怨婦，有時會心血來潮寫些「本日悠閒無比，幸甚」之類的廢話，證明自己還在寫日記，僅止於此，相當敷衍且糜爛。

我應該會忘掉L的。在我慢慢忘記那些日子時，我也忘掉了當時的純真，學會只向前走。即使在日記裡寫再多的字，也不會變成具體的現實，那麼，就別再浪費時間。

嘖。

線頭

一年到頭，無論夏冬，我總是穿著那件米黃色的格子毛衣。

有天走在路上，與人有了擦撞，幸虧對方性情溫和，沒什麼爭執便讓事情落幕。走沒幾步，發現毛衣底部多了根線頭，我覺得很有趣。

拉著線頭，不停地拉，不斷地拉，從早拉到晚，漸漸的，毛衣越來越短，拉到最後，什麼也沒了。赤身裸體，而我真的感到了寒冷。哈啾！打了個噴嚏。長長的鼻涕掉在地上，一點聲音也沒有。

和妳離開的聲音很像。

蠟燭

他的手指像一根根削尖的蠟燭，輕輕一握，秘密便慢慢融化，跌至地面，敲響那黑色的鼓皮。

我無法緊握他只能在黑夜張開的手，雖然我不怕燙，但更怕更多秘密蹭滿一身。

耶誕夜的紙飛機

屋裡靜悄悄的。

牆上的日曆停在十二月二十四日，溫暖的陽光穿過翠色的窗簾，替那冰冷的數字灑上一層淡淡的金箔，有一隻手輕輕地將它撕了下來，溫柔地攤在白色書桌上，對摺再對摺，調整左右的差距，沒過多久，一架紙飛機便完成了。

靜悄悄的房間裡，唯一認真凝視著時鐘的，是那只晾著聖誕帽的衣掛。相當樸素的紙飛機，看起來很輕盈。庭院裡有一棵耶誕樹，色彩斑斕的燈泡環抱著它稚嫩的綠，同一隻手輕輕地打開了落地窗，讓窗外虎視眈眈的寒風灌了進來，冰箱上記事的小紙片被吹走了，有本沒放好的書喃喃自語接下來的情節，然後夜晚被瓦斯爐的開關點燃了。

紙飛機開始起飛了，嚮導是那閃爍的燈泡。飛出窗外，飛入另一個眈於靜謐的天空，它非常輕盈，只乘載著一個奇妙的意義。

季節替夜空織了一顆顆緩緩飄落的白光，而微矇的上弦月是還醒著的微笑。一顆顆白雪淋濕了正在飛行的紙飛機，而只有遙遠的銀鈴聲明白，它可以飛得多高，背對著關上電燈的那個小房間。

屋裡的另一隻手剛打翻了火柴盒，掉滿一地除了火紅以外的事物。

夾娃娃

每到聖誕節或情人節這種敏感節日，我總會一個人跑到娃娃機前，花個幾百元、幾個小時，整個人耗在方形的機台前，兩眼茫然，緊握著搖桿的右手彷彿不是自己的，機台裡的夾子才是自己的手，只執行握緊及鬆放的動作。

機台裡有許多娃娃，它們依偎著彼此取不知所謂的暖，有的也許心裡想著，「把別人往夾子的方向擠，就能確保自己留在原地」，有的或許很想被哪個看起來還頗有氣質的人抓回家，擺在香氣薰人的房間中，做個每天被溺愛的寵臣。但我抓娃娃只是為了個「爽」度。

只是為了看那鐵夾倏然向下，如鷹隼確認目標後疾速攫取，差異點只在於鷹隼的爪子上會有血肉淋漓的白兔，而我操縱的鐵夾的掌心中依然一片虛無。在緊握與鬆放的過程，心情也隨之忐忑，夾子要抓緊某個娃娃時，震晃搖桿的力道會不自覺增強，而夾子要鬆放時，雙眼裡的八分音符便從第三間跌落到下一線，整個人沉悶起來。於是我發現，夾娃娃最開心的時刻，莫過於投入硬幣後，響起很罐頭的廉價音樂，會讓一旁經過的母親掩住孩子眼睛並小聲叮嚀「不要看喔」那樣的無可奈何。

話雖如此，我還是喜歡夾娃娃的感覺，大學畢業外埠參訪時，一個人在墾丁夜市花了千元抓了五隻娃娃，那一晚的雀躍，只有我一人能了解。放開裝滿零食的塑膠袋，它墜落在地的旋律如此悅耳，只有我一個人明白。

刷牙有時候挺無聊的

刷牙有時候挺無聊的：把鍬子伸入洞穴，要把礦物挖出來。而這挖出來的東西我們不需要，卻可以保持洞穴那偏向於「中立」的進入狀況。

我曾經幫學生刷過牙，因為敏感和刺激的緣故，他們時常牙齦流血，同時也證明一件事：我被拒絕了。

能夠坦然讓人把異物放進自己嘴中，彷彿探勘內心那樣赤裸裸的，究竟有誰能辦到呢？

公園裡的長椅停滿鴿子

公園裡的長椅停滿鴿子。牠們厭倦了噴水池，厭倦了啄食飼料，更厭倦在冬天露出米黃色半胸的少女，認為用微笑就能擄獲牠們，就像倒在樹叢中不省人事的中年藍領那樣。

油漆未乾。或許這適用於一切，包含在防火巷內的不倫交易、深夜時讓剛拿紅包的姪女買長壽菸、牌桌上色彩斑斕充作籌碼的內衣。

我在列車裡回憶，周遭植滿聒噪的蕨類，他們背後盡是黑夜，一碰就容易入眠。從背包拿出髮膠，我想黏住輕浮的風。

所謂鴿子，都可能在公園裡被看見，但我人在火車上，不停地被鐵軌串叉，一個人玩著沒有獎勵的賓果。

保濕

保濕、保重、保險、保暖……這些詞彙，日常可見，洋溢著關懷及對某種「美好」的期許。因為害怕失去，所以希望「保值」。

那麼，為什麼沒有「保愛」、「保醜」、「保詐」、「保恨」呢？姑且不論有負面意味的抽象情感，難道愛是一種充滿不確定性或者是對某些人是毒藥的情感？

至少，在輾轉入夜前，能有保姆替我的夢唱鎮魂曲，那就夠了。

持續年輕的暱稱

為了從百無聊賴的日常萃取出該有的嘲諷、共識、價值觀及淺薄的情緒，我必須主動創造一個情境，讓他人得以順理成章地，賦予我一些聽起來滑稽，但未必偏離事實的暱稱，即使這些暱稱可能蘊藏著微伏的惡意。

在香雞城仍火熱的那年代，由於貪吃加上不愛運動，很快的，小學三年級便像充飽的氣球，因而得到了一個與外型有關的綽號：「胖子」。年紀尚輕的我，還不清楚這就是最淺顯的分類機制，並以擁有一個代碼為樂。

上了國中，由於未滿 160，在胖子前多了個「矮小」的形容，而這並不是會讓人開心的，想想武大郎吧。而或許我比他更慘，這些綽號只是白描了外表，令我不是很滿意，漸漸囂張跋扈，靠著學業成績這唯一「可能」找回地位的優點，我變得令人討厭，於是他們改叫我「死胖子」。而這居然煽動了我愈加旺盛的虛榮感。

進入大學之後，只不過我的書櫃上擺有《浮士德》和《雪國》，他們便給了我一個「大師」的綽號，用以劃清界線，雖然大多沒什麼惡意，但我很清楚，與他們的距離不可能再拉近了。這些暱稱都不夠精確，卻能幫助他們或第三人在短短幾秒認識我，並輕快地賦予定義，一開始，我只是漠然承受，隨著時間一點一滴流逝，我發覺我正在老去而這些暱稱如當年一般年輕：二十多年後我仍是個胖子，這個定義沒啥變化；個性依舊彆扭難相處；身高還是沒滿 160，符合矮小這聽起來相當可恨的「形象」。

為此，我惱怒不已，我必須創造幾個由我定義的暱稱，第一個是變態，再來是蘿莉控，最後則是渣渣。綜合起來便是「又矮且胖，喜歡蘿莉的死變態渣渣胖子」，多麼饒舌且震撼人心啊！

為了不讓這些暱稱老去，我必須捍衛它們所象徵的真實，直到最後一刻，因此，又矮又胖，喜歡蘿莉的死變態渣渣胖子於焉誕生，這真是令人愉快的事。

⑨有個孩子獨自在月台上徘徊

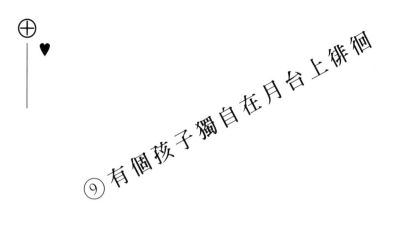

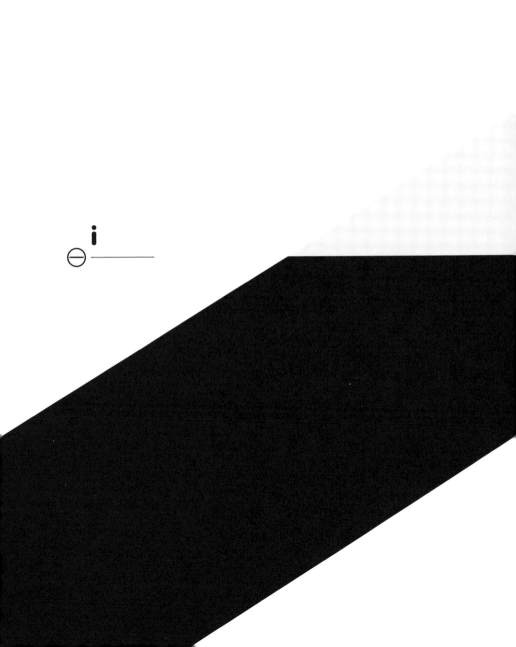

有個孩子獨自在月台上徘徊

有個孩子獨自在月台上徘徊，衣衫襤褸，年紀輕輕背就駝了。他背上有個藍色包包，裡頭裝著彈珠玩具和彈弓。

他手中拿著一張起迄站不明的車票，沒有車掌注意到他，他像是個迷茫的鹽柱，漸漸地忘了如何挪動腳步，破舊的鞋子旁有著明顯的，雪般的鹽粒。

我無法棄他不顧，拿出剪刀剪去了他的車票，他面無表情拿下了我的帽子，越長越大，往出口離去，而我越來越矮，背越來越駝，等著來自未來的班次。

我還可以展開旅程。

人可以是什麼

人可以是什麼，也可以什麼都不是。

你如果說我是詩人，那我就是個詩人；你說我是老師，那我就是個老師。

在我好朋友眼中，我是個怪異的胖子，那我就是個胖子。

如果你說我是個變態，色情狂，那我一定也是如此。

我是什麼的同時，也失去了所有的名字和身分。因為身分和頭銜，也只是他人眼中的什麼罷了。

「什麼東西嘛。真不是東西。」

謝謝，我正搭著南下的莒光，前往台南，在雨天一直存在的這一瞬間。

有可以回去的場所

有可以回去的場所，是最溫暖的。所謂心棲之處，讓心靈確實能得到安寧的地方，或許是所愛之人的懷抱，或許只是一句溫暖的「歡迎回家」。

而這樣簡單的話語，就能成為讓人持續堅強的絕對力量。

「我回來了」和「歡迎回來」是成對的現實，缺少一樣，都不可能構成「歸宿」的。

輪替

露水就這樣孤伶伶摔碎了。那時天氣很差，下著大雨。

印象中，你從沒準時起床過，枕邊的鬧鐘如同虛設，非得要使勁拍打鐵門，讓左鄰右舍誤會：「討債公司來了！」露出疲憊卻難掩悠閒的倦容，就像一條沒接上的電話線，你只會說一些不著邊際，與旁人毫無瓜葛的謬談。而我本身喜歡沉默在我們之間鑿挖的渠道。

曾經約定過，早上八點叫你起床，然後待到凌晨三點再離開。你望著我做早餐的身影，什麼也不做，只是靜靜坐在乾淨的餐桌旁，慵懶地打著呵欠，無賴地抖著雙腳，讓椅子發出惱人的呻吟。然後你什麼也不說地吃光美乃滋溢出的三明治，很習以為常地收拾好一切，輕輕摸了我的頭一下，躺回柔軟的床，除了尋求理想的鼾聲外，什麼也不做。

於是我成了這個小世界的主人，整整十八個小時，我看書、整理環境、買菜、對著無趣的肥皂劇嘆氣、修修漏水的水管……除了叫醒你，我有太多的事可以做。也曾想過進入你的夢中，瞭解你到底在做什麼？但我從沒辦法選擇睡眠—在你睡著的時候。

月亮在子時特別皎潔，因為很像你的睡相：你一邊屈起細長的身子，一邊緊緊抱著枕頭，而容易盜汗的體質使棉被有如夜空閃閃發亮。我扮演著流星的角色，必須在三點前削除所有光亮，替你換上散發香氣的衣物後，鐵門通常會自動開啟，要求我趕緊離去，別留下任何道別，即使是有點發酵的「晚安」。

而這段空白的時間，總算能夠好好休息了。倚著冰冷的牆壁，幸福地擱著自己疲憊的身軀，我覺得無比幸福，像一顆在葉面滾動的露水，期待著幾個小時後的醒來，或許崩壞。露水就這樣慢吞吞地跌傷了，但迫降的地面長著嫩草，即使迸裂，似乎也不會很疼。

而模糊的記憶中，我從未有過一個好的鬧鐘，知道在什麼時候叫醒不知道何時該睡的，我自己。

起床

起床就像將太陽拔離海平面的動作，雖然表面有點濕，但只要開始轉動，水漬將會變成陰影，然後什麼也看不見，一如往昔，只有光滑的外表，前夜的欲望和哀傷都被沒入深沉的腦海之下。

桃園三結義

今天施測時，問到桃園三結義是哪三個時，孩子很天真的答案是：曹操、司馬懿和諸葛亮。如果是以前的我，一定會很自私的內心竊笑吧。

而我現在會思考，知道這個又怎麼樣呢？不知道又代表什麼？測驗又無法測出一個人的品格。

況且，如果拿別的東西來問我，譬如說流行歌手、服飾、美食、綜藝節目、名人等我也是一概不知，在別人眼中，我也可能也是很無知的對吧？

今天的那孩子很活潑，喜歡打棒球和籃球，稍微跟他討論了一下，他分別喜歡洋基和火箭隊，不看中職。是個很難坐得住的孩子，不過很聽話，好不容易捱完快兩個小時的施測，給了他一些增強物：點心、畫冊等。看著他高高興興的離開，我覺得整個人被治癒了。

孩子們都是可愛且天真的。我衷心這樣認為。

尋找答案不如不找

身為一個老師，從當今的價值觀來看，我可能不太符合家長需求，其一是從不告訴學生標準答案，其二則是強調學生培養思維能力，即使忤逆尊長也在所不惜。躑躅於熙來攘往的人群，我常尋找著答案，每個時期想追求的都不一樣，但終究逃不過二字。

約定。

言語，在我眼中是傳遞靈魂的媒介，所以嘴巴的地位明顯重要。如果不能妥善拉上扣緊雙唇的拉鍊，那麼你能被期待什麼？我看過許許多多不把諾言當一回事的人，或許他們有自己的生活哲學，但那始終與我無關。我也無暇與他們為伍。

剛完成與親友的約定，內心感到無底暢然，恪守承諾，就是我相信的答案，可能方法會不斷修正，但大抵就是沉靜少言，一旦答應之事，絕不更改也沒人能阻止。

答案啊，考卷的填空題下方通常都有橫線，但大多時候我們走的路，是蜿蜒且崎嶇的。

伯樂一論

遇過很多感嘆沒有伯樂賞識的人，覺得非常遺憾。
換個角度，為什麼自己不能成為賞識別人的伯樂呢？
我很想對他們說，為什麼一定要知遇？
能賞識別人，拉拔別人的喜悅，比別人看見你的光芒更快樂。
說實在話，你能拉拔別人，不也證明自己的光芒和眼光嗎？
所以，與其難過懷才不遇，不妨去努力成為挖掘別人的人吧！

語言有祂的寬容

語言有祂的寬容，容許我滲入祂其中，看似我使用著祂，實際上是祂藉由我說出一切感受。

按鈕，原本是深陷的夜，一旦你想睜開眼，讓光亮灌入，它就會像山巒般突起，扎入你雲端的夢。

⑩有陽光梳洗就夠了

未來就像一面鏡子擺在你面前

未來就像一面鏡子擺在你面前，然後往鏡子走去，穿過它。這並不會痛，因為同時另一個你正在走出。交換方向並不會有任何損失，因為眼睛永遠架在鼻翼之上，不管頭偏向何方，眼睛凝視的，永遠是「前方」。所以不存在著「方向」這個東西，只存在著「前方」這個概念。而未來不過是由時間滾動的，無法討價還價的，會讓竿影感到徬徨的，過去裡的假設。

這就是不用刻意去注視未來的原因—眼睛擺放的位置早就決定了一切。

車門之外

搭火車，最令我心醉的不是舒適也不是便捷，而是能坐在敞開的摺疊式車門之後，看著一幕又一幕霎逝而去的風景。目前唯有莒光號，能耽溺這般悠閒且風流的雅趣。

不整齊的街景、斑駁的山水、附庸人文的大都會、喧嘩的人聲……每一幕都深深打動著我。耳際聽聞的是列車在軌道上疾駛的喀答喀答聲，迎面而來的，是凜冽的風雨，以它們飽嚐世故的經驗，對我的肌膚傳授一門又一門的專業課程。

於是我右手拉著欄杆，整個人往車外傾倒，仰望著碧藍的天空，而背後是可以隨時沖淡人生的速度。我看著車廂裡頭的人，有的酣眠享受自己的好夢；有的忙著玩手機，深怕錯過了與戀人絮語的韶光；有的翹起二郎腿無視旁人鄙夷的神色，高聲暢談著空泛的謬論……慶幸著被天地所擁抱，用左手抹去眼皮上的雨珠，我乖乖地走回車廂，脫下濕答答的外套，放上原本空無一物的置物架。

距離目的地還有多遠？這個答案一直不重要，也不可能在車票上找到任何痕跡。閉上雙眼，再一次睜開的時候，也許下一個月台就在眼前，站滿了等候已久的星星，卻沒有一顆發出亮光。
因為太陽刺眼地令人幸福。

夜市巡禮

穿梭於人群中，經過各式各樣的攤販，究竟有多久沒這樣放鬆了呢？純粹憑著自我意志逛夜市，而不是為了「取材」或「觀察」這樣冷硬的目的，嗅聞著緩緩飄來的烤魷魚味，我頓時領悟一件事。

「只要這樣走就好。」

彷佛一顆彈珠亂滾也沒關係，兩側的攤位猶如囚困我的排釘，怎麼滾也會被它們擋下。

夜市販賣的不是夜，而是種漸慢的平凡，經過擁擠、推拉而繁複的一種行動模式，舒緩急躁又茫然的日子。

「只要放下一切，好好享受就好。」

群眾意識

群眾意識，是有時效性的虛妄。

便利商店的小姐以嫌惡的眼光瞧著售票機後的一列男子，而我在這群男子的最前方。我與他們毫不相識，素昧平生，卻在13：00這對他人只是一個平凡的時刻點，擁有了相同的目標。為了這個目標，在等待的時間，我們以言語互相窺探，但非打量彼此底細，只是純粹打發時間，或抒解摻雜了期待及不安的情緒。

在短短幾分鐘建立的情感，隨著售票機緩緩吐出購票單，灰飛煙滅，壽命相當短暫，彷若夏夜花火，只在剎那間奪目。但我很開心能在那樣微不足道的時間內，和許多人擁有相同的想法，儘管這只是已知事實的投射，卻令人澎湃不已。

當掏耳棒

當掏耳棒是件幸福的事：不需要看著鏡子，憑著感覺，任由金屬物在身體某個肉眼無法窺盡的區域肆虐，蠻橫地挖、撥、挑取……這是多麼令人興奮之事。

人總有著常理無法解釋的好奇心，遇到洞穴，即使裡頭有老虎，還是會鼓起勇氣拿起火炬進入。掏耳洞則不是這樣，你很清楚不會有任何危險，但可以輕快地「以清除耳垢」為理由，將外物惡狠狠地入侵彷若私密的耳道，這無疑是件歡樂的事。

當然，伴隨而來的痛楚，與放鬆的身體交織出高潮起伏的旋律，導致我直到如今，總是很喜歡掏耳垢這活動！

對著阻塞的流理台說

對著阻塞的流理台說：請你愛惜那些碎屑，畢竟它們也是曾經完整的事物的一部份。

落葉尋找著飄著鄉愁的土壤，而每一扇窗戶，都嘗試不只是敞向日出之處。

攙扶

她牽著我像扶著一根拐杖，在地上留下咚咚咚的聲響。我明明可以自己走，卻對自己的步伐沒有信心。因為她的手心很燙，我可以把低溫傳給她。

時間是一隻瓢蟲，上頭的斑點讓我忘記自己只是個工具，而她只是風的觸鬚。

下樓梯時，我打算放開手，再推她下去。我相信她還是蒲公英的母親。

有陽光梳洗就夠了

有陽光梳洗就夠了。街上空盪盪的，除了一早營業的餐飲店，大多數的人可能仍在床褥與自己的夢纏綿。

而車站的景象卻是截然不同。有精神奕奕，從遠處便聞到濃郁香水味的新住民；雙手緊繫，不發一語，以沉默傾訴彼此思慕的年輕情侶……我覺得自己何其有幸！能介入他們的一部分人生，做一名隨時可遺忘的過客，在短短的幾秒鐘內，得到許多寶貴的資訊。

從透明的車窗眺望而去，一畦畦漾著暖烘烘金光的水田，正等著雲朵飄過，打算素描那柔軟潔白的體態。車廂內，我捧起《都柏林人》，不去注意右肩突如其來的重量。

有一位乘客似乎累了，將整個頭枕在我右肩，但願他下站的場所是台北以南，而我只能服務到台北呢！

小文藝 003
渣渣立志傳

作者：蘇家立
封面插畫：倪瑞宏
美術設計：鄒柏軒

總編輯：廖之韻
創意總監：劉定綱
行銷企劃：宋琇涵

法律顧問：林傳哲律師／昱昌律師事務所

出版：奇異果文創事業有限公司
地址：台北市大安區羅斯福路三段 193 號 7 樓
電話：（02）23684068
傳真：（02）23685303
網址： https://www.facebook.com/kiwifruitstudio
電子信箱：yun2305@ms61.hinet.net

總經銷：紅螞蟻圖書有限公司
地址：台北市內湖區舊宗路二段 121 巷 19 號
電話：（02）27953656
傳真：（02）27954100
網址：http://www.e-redant.com

印刷：永光彩色印刷股份有限公司
地址：新北市中和區建三路 9 號
電話：（02）22237072

初版：2015 年 1 月 23 日
ISBN：978-986-91117-4-4
定價：新台幣 270 元

國家圖書館出版品預行編目(CIP)資料

渣渣立志傳 / 蘇家立著. -- 初版. -- 臺北市 : 奇異果文創, 2015.01
面 ; 公分. -- (小文藝 ; 3)
ISBN 978-986-91117-4-4(平裝)

855 103024115

奇思異想之果

奇異果文創

溫柔革命閱讀